首里の馬

高山羽根子

新潮社

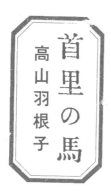

首里の馬

装画　M!DOR!
装幀　新潮社装幀室

台風があきれるほどしょっちゅうやって来るせいで、このあたりに建っている家はたいてい低くて平たかった。全国のあちこちで見られる尖った屋根だとか複雑な形をした玄関や庇《ひさし》は、優美である以外にも寒さをしのいだり雪に耐えたり、地域ごとの利点がある。ただ、それほど頻繁には出くわさない程度の強風には弱いところがあった。風で屋根が吹き飛ぶというのは、直接強風に飛ばされたり、ものがぶつかって欠けるといった単純な破壊だけじゃない。風というものは空気の流れなので、複雑な形状のものに当たると圧力の渦が生まれる。建物の表面には真空に近い状態の箇所がいくつもできて、屋根だとか壁が内側からめくれ上がるみたいにしてはがれていく。なるべく風の影響を受けることがないようにと考えるなら、たいていはでこぼこした部分のあまりない、四角っぽく平らな屋根の建物を造る必要があって、それがこのあたりの民家の特徴になっている。さらに古くからのきちんとした家なら、素焼きの赤みがかった瓦が吹き飛ばされないようにと、すきまを白い漆喰で埋めてあった。これは強風対策のほかに小獣や鳥、ハブなどが巣を作らないようにという目的も兼ねている。このオレンジと白の独特な屋根の色模様は、南国特有の景色に溶けこんでいて、うまいこと風情をかもしだしていた。

ただ、首里周辺の建物の多くは戦後になってから昔風に新しく造られたものばかりだ。こんなだった、あんなだった、という焼け残った細切れな記録に、生き残った人々のおぼろげな記憶を混ぜこんで再現された小ぎれいな城と建物群は、いま、それでもこの土地の象徴としてきっぱり存在している。

港川と呼ばれている一帯、かつての外人住宅——といったって、それができた当時ここは日本にとって外国だったわけだから、厳密にはその呼称はまちがっている気がするけれども——を最近になってリフォームしたモダンな建築物が、この区画だけ集中してたくさん残っている。薄黄色や水色のペンキで塗られた平たく四角いコンクリート造りの壁面を持ったこれらは、今もっぱら店舗用の賃貸になっていて、若い人向けの雑貨屋や古着屋、カフェやギャラリーとして利用されていた。周辺がこんなふうにいろいろに使われてにぎわい始めた近ごろは、国内だけでなくアジアのあちこちからも観光客が訪れている。

この地域には、先祖代々、ずっと長いこと絶えることなく続いている家というものがない。英祖による王統で中心の都だったとされるこの地の歴史は、現在までとぎれとぎれの歯抜けになっている。かつて廃藩置県、つまり琉球処分で区画が引きなおされて、そのうえ太平洋戦争では日本軍が那覇・首里に沖縄戦の司令部を置き、その前哨地として、ひどい激戦が続いた。ここらあたりの建物はほぼ損壊、どころか跡形もなく消え去っている。もちろん建物だけではなかった。本土から沖縄を守るためにとやってきた日本軍の兵士は、前もって聞かされていたよりずっと少人数で、しかもまともに最新の兵器が扱える能力を持ったものなどはほとんどいなかったという。結局主力になったのは、防衛召集と称してかき集められた、とりたてて特別な訓練を受けていなかった地元の民間人だった。沖縄のあらゆる場所は成年男子なしといわれるようになったうえ、あちこちで女子学徒隊も組織された。この戦いで彼らをはじめとした住民、地域の人間の死傷者数は「不明」。この正式な記録は現在までずっと変わることがない。

戦後、沖縄はすべて米国領《アメリカー》になった。焼き払われてすっかり何もなくなった土地には、基地の近くといわずあらゆるところに、さまざまな住宅や施設ができた。現在ではひとまず日本ということになってはいるものの、それでもまだあちこちが米国領の痕跡を残していて、地区によってはまだ、れっきとした国外として扱われている場所もある。

いっぽうで地名のほうは、なぜか英祖王統のあった昔からあまり変わらなかった。ときにローマ字や漢字で表記されて音が歪みながらも、なんとなくかつての印象は残したまま、幾層にもほかの意味が塗り重ねられて今に至っている。

現在、外人住宅は観光地としてささやかな人気を得ていた。そこから徒歩で行けるくらいの範囲には、ここがまだ本来の目的どおり住宅として使われていた、つまりはまだ米国領だったころ、住人の生活の一部として機能していた商店や教会といった施設の痕跡がところどころに残っている。中には外人住宅と同じころに建てられたものの、そのままなんの手も入っていない、今はもうなにに使われているのかわからない建築物もいくつかあった。観光客や住民も多く賑やかな一帯にもかかわらず、そのあたりはほかに比べて若干ひっそりと落ち着いている。

この地域の中に、一軒のコンクリート建築がある。新築のとき壁面塗装されていたものが剝げたのか、それとも元々こういう造りだったのか、コンクリート素地のままの地蔵色をした、ざらついた建物だった。この建物の最初の所有者であったとされる男は、外人住宅の住人に向けた仕立てやクリーニング業を行っていたらしい。これはペンキで描かれていた店名とドルだての価格表によって知ることができる。それらは建物の外壁の面に直接書かれていて、ほとんど消えているけれども注意深く見れば辛うじてうっすらと読み取れた。

男は、まだここが米国領だったころに家を建てて仕事をはじめた。男は戦争を経験している。そのうえ男の父は若いころに、沖縄全体を襲った大規模な飢饉《ききん》にあっていた。どちらのときにも大勢の人間が命を落とした。男の父は男が生まれてすぐに死んだけれど、残された男は、戦後ずいぶんたって母を病気で亡くした後、店を持ち働きとおして所帯を持ち、年老い、先に妻が、そうして間もなく男のほうも他界した。夫婦は長生きだった。男は沖縄の一部の人間が比較的長寿であることを、他のそうでなかった多くの人間の命を数日、数年ずつ引き継いだからだと、本気で信じているふしがあった。男のひとり娘は成人し、国を超えた結婚をしたあとカナダに移住していて、男がかつて店舗兼住宅として建てたこの建物を、男の死後まったく執着することなく手放した。このことは、建物を比較的安価で手に入れることにつながったので、次の所有者にとっては大変にありがたいことだった。

建物を次に所有した人間、つまり現在の持ち主は順《より》さんという年老いた女性だった。順さんはここ沖縄で生まれ育った人ではない。若いころから民俗学を長く研究していた学者で、港川にはもう充分に人生を送ったあとになってやってきた。ここに来る前は全国各地で主に民族風習や風俗といった類のものを集めて調べていた。けれどそれらの研究は、現地での聞き取りといったフィールドワークに頼るしかないので、都合、順さんは日本のあちこちを渡りながら暮らしていた。しばらくそうして流浪の生活をしたのち、移動研究ばかりの生活を終え沖縄の資料を収集することに集中していくと心を決め、人生の最終的な場所として、沖縄に住居を構えたのだそうだ。ただ、この建物は順さんの住居ではない。順さんはここからそれほど離れていない場所に娘の途《みち》さんと暮らしている。途さんは長いこと、順さんとは別の場所、おそらくは関西の都市部に暮らしていたけれど、順さんがこの建物を手に入れ、島に暮らすようになって十年ほど過ぎ、順さんがさらに年をとってからやってきた。そのとき途さんの夫はすでに病気で他界していて、息子、つまり順さんの孫ふたりはどちらももう結婚して別々の家庭を築いている。途さんは沖縄に来る前から歯科医をしていた。ここに移り住み、暮らし始めてからすぐ、住んでいるマンションに近い住宅街で小さな歯科医院を開業している。

順さんの手に入れた建物の入り口にかかった縦六十センチほどの琺瑯《ほうろう》看板には、掠れてはいるものの、しっかりしたレタリングで『沖縄及島嶼《とうしょ》資料館』と書かれていた。だからこの建物は、ひとまずはこの島の資料館ということになっている。ただここの実態はあくまで順さんの私的な資料を保存しておく場所であって、建物のさほど多くない部屋のすべてにすきまなく詰まっているのは、とくに誰に向けてのものでもない雑多な情報の蓄積だった。具体的には、島の現在までのなりたち、たとえば戦争前後から生きている人の、あるいは親の親というもっとずっと昔の人たちから聞かされていたことの、また聞きも含めた話を集めてきた資料の貯め置き場、長い時間をかけて根気強く集めて増やしてきたもので、現在のところ順さんの全財産でもある。

朝になると順さんは、途さんの車に乗せられて資料館にやってきて、時間が来ると、診療を終えて迎えに来た途さんの車に乗せられて帰ってゆく。

今日、未名子《みなこ》はこの資料館で、午前中からずっと作業をしている。資料に対応したインデックスカードの整理と確認だった。

カードに記された記号や文字はほとんどが手書きで、ごくたまに、おそらくかつて順さんが気まぐれにタイプライターで打ったらしき、ゆがんだ活字が記されている。順さんはていねいな性格だけれど慎重すぎるところがあって、手書きの文字は筆圧が強くゆっくり書くのでインクが濃すぎて裏移りしていることがあり、タイプライターの印字のほうはキーボードを念入りに打ちすぎて紙がへこんでしまっている。カードはすべて順番をそろえられて整頓され、抽斗《ひきだし》に収まっていた。カードのサイズにぴったり合った抽斗――というよりはカードのほうを抽斗に合わせたのだろう――が、これもすきまなく、漢方薬局の薬棚みたいに並んでいる。実際この棚はどこかのつぶれた古い個人病院で使われていたものらしく、棚の側面の隅に十センチほどの幅がある真鍮《しんちゅう》製の板が貼られていて、『昭和八年　愛陽内科』と刻印があった。どこの病院なのか、おそらくは直接引き取ったものではなくて、どこかの古道具店を介して順さんが手に入れたものだろう。ほぼまちがいなく本土のものだ。こういったものが残ることが珍しいくらいこのあたりは戦争で焼けてしまっていたし、戦後に入るとオリエンタルな雰囲気のある古道具を米国人に向けて売る商売がとても流行《はや》って、そのとき沖縄には、こういったものが全国からたくさん持ちこまれた。ただ、この棚の来歴について詳しいことは誰にもわからなかったし、そもそもこの病院がどこにあったかなんて、古道具屋の店主は知らない。もちろん、未名子や順さんも。

未名子はクリップボードに挟まれた一覧表のうち数か所にチェックを入れ、空中に指をさまよわせて位置を確認し、木製の棚から抽斗をひとつひっぱり出すと、棚の手前にある長テーブルに置いた。中には印字によって厚みを増したカードがみっちり詰まっている。カードの束を項目ごとに取り出して、テーブルの面でトン、とそろえてからさばき、一枚一枚確認していく。一連の未名子の作業は順さんから教わったわけでも、また真似たわけでもなく、にもかかわらず手なれていて滑らかだった。

棚ほど古いものではないけれど、中に詰まっているカードも経過した時間相応に傷《いた》んでいた。かびや日焼け、あるいは虫食いだとかいったもので文字の判別がうまくいかない場合は取り出して補修をする。元の資料にあたって確認をしながら、必要があれば補強のため紙を貼り、ときには新しいカードに書き写して、元の破損したカードといっしょに抽斗に戻していく。写しとったときにどれだけ注意をしてもまちがいが起こることはあるし、文字の判読がむずかしく、あいまいにしかわからないこともある。いろいろな場合のことを考えて、元の資料もできるだけ同じ場所に残しておく。これはアーカイブをためておくのにとても大切なことではあるのだろうけれど、こうして補修を続けていると際限なくカードが増え、無限に抽斗が必要になっていってしまう。インデックスカードの時点でこれなのだから、元の資料ともなるとなおさらだった。百平米は超えている、それほど小さなものではないはずのこの建物は、それでも現段階ですでにパンク寸前だった。

資料館の中にあるものはほとんどが紙の資料で、内容は地域の新聞や雑誌の記事の切り抜き、聞き書きのメモ、子どもが授業で、または大人が趣味で描いたかの水彩スケッチ、一般的にはそうと判別しがたい記号で書かれた特殊な楽譜、といったものだった。たくさんあるそれら紙類の資料を収めたスクラップブックやファイルは、それぞれ分類されて本棚に収まっている。

資料には紙以外のものもあった。たとえばこの地域に育つ植物の押し花だとか、様々な模様の昆虫の標本、鳥の羽根、古い写真とその原板となるガラス乾板、特徴的な柄の入った民芸品や布の切れ端といったもの。カセットテープには、地域に暮らす年寄りが不明瞭な方言を早口でしゃべる声や歌声が記録されている、と未名子は教わっていた。けれど再生には専用のプレーヤーが必要で、それは未名子がここに来る前に壊れて捨ててしまったらしい。未名子は以前、プレーヤーについて検索をしてみたことがあり、今でも細々と生産販売されていることを知っていた。ただ、それらがここにある古いカセットテープに対応しているのか、第一ここにあるテープがきちんと聞ける状態なのかなど、わからないことも多かったため、資料館にプレーヤーが再び導入されることはなく、未名子はテープの中身について確認できないままカセットだけを保管、管理しつづけていた。

紙以外の資料はまとめて本棚の下の、平たい抽斗式になった戸棚の中に雑然と詰めこまれている。すべての棚には通しで記号や番号が振ってあるものの、絶えず中のものが膨れていくので、別の番号や記号が途中に追加されていって、独特なわかりにくい文字列になってしまっていた。これらの羅列が未名子や順さんにとってさえ、完全に管理できるようなものになっているかは疑わしい。当然、初めて見るような人が、この分類コードをきちんと理解しうることはなさそうだった。きっとそれは本来いいことではないのだろうと、順さんも未名子も考えている。

未名子は順さんの家族ではない。そうして、資料館は未名子の職場でもなかった。ただ未名子は時間さえあれば一日中、途さんが車で迎えにきて順さんを乗せて帰るまで、この資料館で資料の整理を続けている。最初は順さんから大まかな内容を教わったりもしていたけれど、しばらく作業するうちにひとりで約束ごとを見つけていき、そこに細かな約束ごとを追加しつつ現在までやってきた。

ここにある資料には、未名子の暮らす場所の周辺、現在に至るまでのあらゆる記録が詰まっている。ただ、昔にはあったけれど今ではもう存在しないものや、今あるとしても、未名子が実物を見たことがないものの情報もたくさん保存されていた。

未名子が資料館に出入りして順さんの手伝いをするようになったのは今から十年ほど前で、十代の半ば、まだ中学生のころだった。未名子の父親が、あまり人づきあいが得意でなく学校を休みがちだった未名子を連れて県内の別の場所からこの近くへ引っ越してきたとき、今よりまだずいぶん元気だった順さんは、もうすでに古ぼけたこの資料館で、未名子が現在やっているような作業をしていた。そうして、当時学校にも行かずにこの資料館のそばによるべなく立ち尽くしていた未名子に、館内に入ってもいいという許可をくれ、小さな人骨の欠片を見せ、掌に載せて触らせてくれたのだった。

順さんの持っていた人骨は、資料館の近くで採集されたものだった。このあたりは沖縄でも古代の人間が集落を作っていて、英祖の時代のずっと前から重要な場所として栄えていたらしい。ただ、まだ子どもだった未名子が見る限り、この骨がものすごく古い化石のようなものなのか、それとも戦争によって死んだ最近の人のものなのかは判別がつかなかった。それどころか、未名子は順さんに細部を説明されなければ、この小さな欠片がかつて人間の一部だったのだということすら、理解できなかった。そんな未名子に順さんは、この小さな塊がどういう理由で自分の手に渡ってきたかをていねいに話して聞かせてくれた。順さんは人骨のほかにも、今まで未名子が見たことのない奇妙ななにかをいくつも見せてくれた。どれもこの地域にゆかりがあって、また来歴の説明がなければそれがいったいなんなのかもわからないものばかりだった。未名子にとってこの建物に詰まったすべてが、順さんの物語なくしてはなんの役にも立たない物体でしかなかった。紙にまとめられた情報群にしても、数値やその集合がどういう意味を持っているのか、約束ごとをきいて紐づけなければ、ただのインクの模様でしかない。いまでも未名子は、ここにある多くについて、インデックスがあってもなお、完全には把握できていない。

ただ、未名子は初めて資料館に来たとき、建物に詰まったものを集めてきた順さんのことがとても好きになった。彼女の大切な宝物を、それが人の死を直接思いおこさせるものだとしても、子どもである未名子自身に、その物語ごときちんと開かれたものとして見せてくれることが嬉しかった。未名子の通っていた学校ではすくなくとも、死んだ人間の一部どころか、通学路にある犬の死でさえ、子どもたちの目から誠実に隠しとおされていた。

この資料館に通うようになってからも、未名子は自分のいる土地の歴史や文化にあまり強く興味を持つことはなかった。ただ資料館に積まれたものを見て、そこにあるいろんな事情を読み解くことは楽しかった。そのとき、人間というものに興味が持てないのだと思いこんでいた未名子は、でも、順さんの集めた資料を見ることで、自分のまわりにいる人たちや人の作った全部のものが、ずっと先に生きる新しい人たちの足もとのほんのひと欠片になることもあるのだと思えたら、自分は案外人間というものが好きなのかもしれないと考えることができた。未名子は中学、高校生のあいだ、休みの日や学校に行けなかった日には自習道具を持ちこんで、そうして学校を卒業してからは仕事のない昼の間中、ずっと資料館の整理を手伝っていた。

順さんの資料館には、未名子が眺めていて飽きないものがたくさんあった。ただ、いわゆる見学者を入れて見せる観光施設ではなかったので、資料館は無収入だったし、国や自治体から補助金が出ているということもなかった。順さんは以前、若いころであっても、良くいって在野の郷土史家だったし、今は調査を続けることが難しいほどに年をとっている。現在もう成人している未名子にしたって、学芸員の資格を持っているわけでも、研究者としてここに勤務しているわけでもない。在野の郷土史家のほとんどの人がそうであるように、この仕事は給料を生むようなものではなく、だから未名子も、当然ながらほかに仕事を持っている。

補助金の申請はとても煩雑で規定が細かく、面倒な手順を経なければいけない。だから順さんはそういった手続きを早いうちからいっさいあきらめていて、それから今に至るまで、この資料館は周囲に暮らすほかの人たちから見るとただの古めかしくて怪しい建物だった。人以外にも、たくさんの生き物の死の痕跡がある。この近くにかつていた、今はもう死に絶えた動物の、できが良いとはいえない剝製が窓からのぞいて見える、不穏な情報が詰まっているところだと思われていた。

ただ、もしこの資料館が補助金の出る正式な公的施設で、入場者が増えるよう入り口にその時々のおすすめの展示を貼り紙で告知したり、土日にやってくる人にわかりやすくギャラリートークやガイドツアーをしなければならないところだったとしたら、未名子はこんなふうに長いこと手伝ってはいなかったかもしれないとも思う。町の中で、ほとんどの人から公共の知識だと認められていない、ひっそりとした情報の置き場所だったからこそ、自分はここに逃げこんできたんだろうと未名子は考えていた。

順さんは、未名子が成長していくにつれてほんのちょっとずつ元気をなくしていった。未名子と出会ったころはまだときどき街に出たり、新聞を読んではなにやら人間の所業にうっすら腹を立てたり悲しんだりもしていた順さんは、未名子やまわりの人たちが気づかないくらいゆっくりとしたスピードで、透明ななにかが自身の体の中にしみこんでいくみたいにして、感情だけでなくいろいろな機能を鈍らせていきつつある。

アーカイブを整理していく作業は単調なうえ、とりたてて斬新なことをする必要がない。未名子はインデックスをAからZまでなぞっていき、終わればまた逆からなぞって戻る。言葉順で、もしくは地域でカテゴライズできるタグをつけ、それから時代で並べなおす。データは修復のいらないものも多かったけれど、それであっても一見意味のないような、数年前にも順さんが行ったであろうその行為を繰りかえしなぞって確認していくことは、この資料が存在しつづけるためにはとても重要なことだった。そうして数年後に同じ作業を行うことも、また大切なのだ、と未名子は考えている。今この瞬間にこのデータを確認した、ということによって資料の強度ははっきり増す。たとえそれが『変化なし』のスタンプを押すだけだったとしても。

ここの整理作業を始めてしばらく経ったころから未名子は、自分のスマートフォンで資料の写真を撮るようにしていた。インデックスカードと対応している資料を交互に撮影して、画像データを保存していく。何年もそうやって撮影していくうち、未名子が持っている端末も買い替えによって進化して、以前よりもきれいなデータで保存できるようになる。手書きやタイプライターのインデックス同様、データが古くなれば統一感はなくなるかもしれない。

けれども、ないよりはいくらかでもましであろうと未名子が続けているこの作業は、それでも続けるうちに、自分の手がどんどん馴れてきて、資料の整理の手順に撮影が組み込まれていった。首から提げたスマートフォンをひっぱり上げて撮影し、また手を離して資料を整理するという動きの流れもずいぶん手早く自然になっていった。

と、未名子はカードをさばいて確認している手を止め、自分の心臓のちょっと下、胃の上あたりで規則的に細かく震えつづけているものに気がついた。ずっと首からぶら下がっているのにもかかわらず、ふだん資料の撮影機器としてしか使われないこれが本当のところは通信端末であることに、未名子はすぐ思い至ることができなかった。端末それ自身でさえ、自分の中にこんな機能が含まれていたことにおどろき困惑しているように、液晶画面に『カンベ主任』の文字を柔らかく明滅させながら微震動を続けている。

未名子は一度、順さんのほうを見る。順さんはここ最近、資料館にいるときは日当たりのいい決まりの場所でずっと居眠りしているか、起きていても眠っているようにしか見えない。未名子は古い薬棚のある部屋を出て、玄関先で電話を受けた。

未名子の電話にカンベ主任から電話が入るなんて、めったにないできごとだった。未名子は緊張を悟られないようにして二、三のよそよそしい言葉を交わしたのち、四十分もあればスタジオに向かえます、はい、仕事、できます、と答えた。大変に申し訳ない、無理なら受けなくてもいい、先方に無理かもしれないと伝えてあるから、と未名子に向かって何度も謝罪をするカンベ主任の言葉が、未名子のスマートフォンから聞こえてくる。カンベ主任は一般的な尺度で考えると気弱で慇懃《いんぎん》に過ぎるところがあるけれど、基本的にはとても優しく律義な人だと未名子は思っていた。

電話を切ってから部屋に戻り、さっきとまったく同じ体勢で座っている順さんの耳元にはっきりと区切った言葉で、今日は、仕事ができてしまったので、帰ります。と伝えると、順さんのほうで了解しているのがぎりぎりわかる、という顎の動きが見て取れたので、未名子は資料館を出て、幹線道路ぞいにあるバス停をめざし、急いだ。

カンベ主任というのは、その呼び名どおり未名子の今の職場における責任者で上司という立場ではあるけれど、未名子とは一度面接で会ったことがあるだけだった。彼はずっと東京に暮らし、働いている。

未名子がこの仕事に就くときの面接は、那覇空港の中にある喫茶店で行われた。カンベ主任は未名子よりもおそらく五歳ほどかそれ以上は年上で、標準よりも若干ふくよかではあるけれども人当たりが良く、他人と話す機会が極端にすくない未名子にとってもかなり好感の持てる人物だった。県外の人だったので無理もないけれど、暑い時期に不釣り合いな、きちんと仕立てられた背広を身に着けていて、にもかかわらずあまり汗をかいたり世界の外側に不快感を示して愚痴るふうでもなく、だからなんとなくきちんとした清潔感があった。アイスコーヒーと、せっかくの沖縄だからと紅芋のアイスクリームを嬉しそうに頼んでいたのも未名子にとって印象的だった。

面接を受けているあいだ、未名子はずっと絶えることなく楽しかった。久しぶりに人と話しているからか、初めて知る興味深い仕事について説明を受けていたからなのかはわからない。ただ、未名子はそういった感情を表に出すことさえうまくできないほど、コミュニケーションに不慣れだった。ただ、あとになってみれば、その感情の抑揚のなさがかえってうまいことと評価されて採用されたのかもしれないな、とも思っている。

面接のはじまりにカンベ主任は未名子に対して、

「言葉に沖縄特有のイントネーションが出ませんね」

となんの気なしにいってから黙り、しばらく考え、慌てて、

「いや、この発言は不適切でした。私にはあなたの出自を話題にしようという意図はなくて、つまり、業務にある程度、日本語の発声のしかたというものが関係してくるので」

と弁解した。未名子は、そんないいかたをされるまで、人の出自に関して話すことが良くないという考えがまったく頭の中になかった。そのため自分は生まれも育ちも沖縄だけれど

両親はどちらも関東の人間で、家ではほとんど関東の言葉しか使っていなかったんです、と答えようとしていたのを引っこめた。本当のところ、そもそも未名子は母親がどんな言葉を使ってしゃべっていたのかを知らないし、子どものころから地元でよく話す仲間といった人もほとんどいなかった。

以前から沖縄のあちこちにあったコールセンターでは、さまざまな規模のインターネットやケーブルテレビの通信販売に対応したテレフォンオペレーターが働いていた。ただ、半年前くらいからどこもメールや自動音声の切り替えに移行していて、業務を縮小しつつある。未名子が仕事を失ったのも、コールセンターの事務局の一部閉鎖によってだった。長いこと真面目に勤めていた未名子には充分な補償も支払われていたので、生活に対するひどい焦りはなかった。ただ思えば、絶えずぐいぐいと背中を押され続ける慢性的な不安はあったのだろう。オンラインで登録するタイプの求人情報や派遣データベースに登録したものの、似たような境遇で職を失った、未名子と同じくらいの能力を持った女性はたくさんいて、だれも未名子と同じか、それよりもっと不安で切羽詰まっていたようだった。何度か受けとった不採用通知は、未名子に向けてというよりも、なんとなくランダムに選び、採用不採用を決めました、抽選に外れましたとでもいうような、ぼんやりした内容だった。求人の条件もみんな似たもので、応募してくる人たちの来歴もそこまで変わりないのだからしかたないことなのかもしれないけれど、せめてどういうところが採用者とちがうのかだけでも教えてくれれば、こんなふうにぷっつりした思いを抱えずにすむのに、とわがままなことを未名子は思う。カンベ主任との面接の求人記事に応募していたとき『オペレーター』とだけ記載された内容について細かくどういう業務なのかに気を回せるほどの気持ちの強さは、未名子の中にはすでになかった。

バスはときどき速度を緩め、ぼんやり乗っている未名子やほかの数人の様子を見つつ、それでも未名子の降りるバスターミナルまでだれひとり乗降させることはなかった。停車場の順番、低くて平らな建物が続く風景、車内放送で流れる病院の案内広告、すべていつもと変わらない。

この仕事に就くまでと、就いた直後、未名子の心には数えきれないほどの、でもそれほど強くはない不安があって、それは人生の今までのうちのどんなときよりも多かった。ただ、仕事に慣れきった今となって、あのときの不安を思い出すことはほとんどない。

この仕事に採用されたいくつかの理由については、未名子自身なんとなく予想ができた。前職の経験が長かったので電話での応対だとか滑舌はいいほうだったし、カンベ主任にいわれたとおり訛りもあまりなかった。忍耐力も責任感も人並みくらいにあるという自覚は持っている。そうして何より、現在、未名子はいっしょに暮らす家族がいなくて孤独だった。

孤独であることは、この仕事をするためにとても重要な要素なのだと未名子は考えていた。

那覇、泉崎にあるバスターミナルから西側に向かって、久茂地川を渡ったあたりには市内を通るモノレールが見える。川沿いにあるのは旭橋と名づけられた駅だった。戦前、市内には軽便《ケービン》と呼ばれて親しまれていた県営鉄道が通っていて、このあたりには当時から交通の中心となっている那覇駅があった。線路のない今、周辺はバスの乗降場が集中して、道路を使い各地に向かうための公共交通の要になっている。那覇空港の建築制限がかかっているこの付近は、図書館や税務署といった官公庁であっても、規模は大きいものの、高層とは言えないくらいの建築が並ぶ。いっぽうでそこから北東のほうには比較的新しく米軍の接収から返還された地域があって、こちらは背の高いマンションや大型のビルがそびえ建っているのを、中心地のあたりからでも眺めることができた。

官公庁系の建物の周囲にはさらに背の低い、三、四階建ての小規模な雑居ビルがばらばらと建っている。どれも一階はたいてい飲食店か、飲み屋、ゲームセンターといった路面店舗で、大きな建物で働いたり学んだりしている人たちが昼休みに吐き出されて小さい建物でめいめい食事やゲームを楽しんで戻っていき、夕方になって再び吐き出され、またのめいめい食事や酒、ゲームを楽しんでいる。

　未名子はそんな雑居ビルの中のひとつ、不動産店の脇の細い階段を三階まであがる。二階はなにをしているのかよくわからないけれど、サンライズ・ヘルス・サイエンスシステムという名前を聞くだけでなにやらうさん臭そうな組織であることが想像できる事務所があった。ときどき中からスーツを着た若い男女が数人、段ボール箱を抱えて出てくるのを見かける。ただ、彼らからしたら未名子しか出入りしない三階も、なんの仕事をしているのかわからない、もっとずっとうさん臭い事務所に見えているんだろう。そう考えながら未名子は鞄から鍵の束を取り出した。家の鍵や、もう近ごろは未名子自身もほとんど使っていない庭の物置や自転車といった鍵の中から、いちばん新しくて重々しいディンプルキーを挿してシャッターを半分だけ開け、中に潜りこむ。こうして半分閉めておくと、ほとんどの人はこんなところにまちがって入ってくることがない。こちらから頼んでいる業者でも、入り口でまごまごしながら声をあげるだけで、奥までくるようなことはなかった。こんな状態で入ってくるのは、相当ノルマのきつい外回りの営業くらいだった。メインのフロアに入るためのついたては、以前に入っていたオフィスが残していったものだけれど、今となってはちょうどよく目隠しの役割を果たしてくれている。だから万が一まちがえて誰かが入ってきても、おそらくすぐにはここの空間の奇妙さに気がつかない。

　暗い中で手さぐりすることなく電気のスイッチがあるところの見当をつけられる程度には、

未名子はもう充分この場所に慣れていた。縦横に九個並んだスイッチのうち、ばらばらに配置された必要な四個だけをはじくと、換気扇が回り、明かりがつき、室内の全景が目に入る。

内部はシンプルで、それだけにいっそう奇妙に見えた。壁紙は白くないけれど、なにかはっきりこれといった色や柄がついているわけでもない、強いていえばグレイ寄りのクリーム色をしていて、すべての窓はロールスクリーンで塞がれている。いくつかの事務机と、それらに載っかったモニターなどの機材は、使いこまれた形跡のないまま、場所になじみきっていた。これらが使われていない状態でここにあるのだ、と未名子が気づくのにはしばらくかかった。それほど、おおげさに見えないよう慎重に配置されている。未名子ひとりが働くのには広すぎるけれど、目立つほど大規模なものじゃなかった。

加えてここの壁は、外からはわからないけれど消音材で防音対策がされている。耳が比較的良い未名子は最初、ここに入ったときあまりの空気の動きのなさに耳が詰まったようになり、高級スピーカーの中にいるみたいだ、と感じた。そのときに未名子は、面接でカンベ主任がこの場所を『事務所』でも『オフィス』でもなく『スタジオ』と呼んでいたことにあらためて気がついた。

なにも考えずに見渡せば、ここは標準的な事務所に見える。ただ注意深く見れば、ふつうに人が働いているような場所とはちがう印象を受ける部分があちこちに存在した。基本的な機能を持ちデザイン性が抑えられた冷蔵庫や電子レンジ、コーヒーメーカー。これらはおそらく、オフィス用品のカタログで注文ができる類のものだった。ほかにも事務机、電話機、古いPCといったものが配置されている。ただ実際にほかの会社であれば、ふつうにあるはずのものが、ここにはない。たとえば背表紙にテプラが貼られたファイルの詰まっているスチール棚だとか、針が途中まで減っているホチキスや抜いた穴のゴミが残る穴あけパンチ、あちこちべたついたプラスチックのゴミ箱、ぱりぱりに乾いたテープの切れ端が貼りついた重たいセロハンテープ台、ちょっとした付箋に書かれたパスワードやメッセージの類、といったようなもの。

だからここはゲーム画面の背景としてCGで再現されたり、あまり人間のことを知らない別の知性体が、地球の人間が働いている場所というのはこんなものだろうと見よう見まねで作り上げたオフィスみたいだと未名子は感じている。

街なかにある小さな雑居ビルに、一見なんでもなくて、いざ中に入ってその実際の用途を考えるとひどく場ちがいな施設が組み込まれている。こんな場所があるなんて、きっと近くの官公庁の大きな建物で働いている人たちには、サンライズ・ヘルス・サイエンスシステムの存在よりもなお想像の外っかわにあるんだろうな、と考えながら、未名子は心をささやかに躍らせている。

ＰＣを立ち上げている間、エアコンをつけて冷蔵庫からコーヒー豆の粉と水のペットボトルを取り出した。備品や消耗品はすべて、カンベ主任が注文をして補充をしてくれている。定期的に届く段ボール箱は、末名子がいないときはたいてい入り口の前に置かれていた。必要なものがほかにはないか、ときどきメールが来てたずねられるけれど、末名子はそのたびに、大丈夫ですと答えている。用意されているコーヒーは沖縄の業者が作っている、お土産用らしき一風変わったもので、パッケージの表面には『泡盛焙煎珈琲』と書かれている。ブーゲンビリアのイラストが描かれたアルミパックを開けると、独特な香ばしい空気がふっとあがるけれど、酒にもコーヒーにも詳しくない末名子には、この香りが泡盛によるものなのかわからなかった。ただ焙煎しているくらいのものだからアルコールは飛んでいるだろうし、お土産用でもあるのでそれなりに上等な品なのだろうという気がして、いつも家ではあまり飲まないコーヒーを、なんとなくここでは淹れることにしていた。中の粉をフィルターペーパーといっしょにコーヒーメーカーにセットする。

末名子はこの作業をすることで、ひとりきりでここにいる自分がいちおうはこの仕事場に勤務している労働者だという事実が補強され、さらにインチキくさくて実感のないこの場所のほうにもそれなりの存在証明を作ることができるんじゃないかと考えていた。

ＯＳになにを使っているのかさえもわからない、古ぼけたＰＣがのったりと起動をはじめ、なじみのない、でもどこか微笑ましい音を響かせながら目を覚ますのはたいていの場合、コーヒーが沸き、エアコンによって部屋の空気がうまく循環しきったころだった。未名子は特別にPCに詳しいわけではない。ただ、こんな古いマシンを使っているところなんて、今はもうほとんどないということくらいは理解できた。だからこそそのメリットというものがあるのだろうということ、むしろこのPCでなければならないよっぽどの理由があるのかもしれないということも、そうして簡単に買い替えることができないだろうことも、なんとなく予想がついた。

悲しいけれども当然なことに、このPCはしょっちゅう不具合を起こした。未名子がどんなに頑張っても――といっても、できることは再起動と、コントロールパネルをいじって眺めることくらいだけれど――直すことができないとなると、近場の電気店から修理に来てもらうことになっていた。未名子はその店の名前を知らない。いつも『町のちいさなでんき屋さん』という文字の入った、どこかのメーカーが配付しているらしき薄いブルゾンを着た店主がやってくる。その電気店の店主はPCを見て首をかしげることもなく、短い時間で器用に直してくれた。いつ呼んでもあまりに簡単に直すので、自分があんなに苦労していたのが嘘みたいで、未名子はいつも、ほんとうに動かなくて苦労していたんですよ、といいわけをしたい気持ちになった。そういえば電気店の店主も、長いことひとりで店をやっているのだといっていたような気がする。詳しく知らないが、きっとカンベ主任がそこその対価を払ってこの店主と契約を交わしているのだろう。そうでなければ、幹線道路沿いの家電量販店だっていつの間にか閉店してしまうほどの、インターネット通販が全盛のご時世に、ひとりでやっているような古びた電気店がつぶれずに存在できるとは思えなかった。

やっぱり彼も孤独だからカンベ主任から仕事を任されているのかもしれない、と未名子が考えている間にコーヒーが沸いて、PCは立ち上がった。コーヒーをマグに注いでひと口だけ飲んだあと、シリコン製のふたをしめて脇に置く。椅子に座り、事務机の端をつかみ上体をひねってモニターに向かうと、机に置かれているヘッドセットをつける。モニター画面に表示される文字列を確認しながら未名子は別々のパスワードを三回入力する。二十一個の大小混在した英数字はもう指先が覚えているので、メモを見る必要はなかった。

飾りもアイコンもないシンプルなデスクトップに現れたポップアップウィンドウに表示された単語を確認する。未名子はあらかじめここが人名の表示される場所だと教えられていたから、それが人の名前だとわかる。ただふつう、知らない国の人名は、初めて見たときはそれと予測するのは難しいだろう。

『ヴァンダ』

どこかの国の男性にとってはごく一般的な名前なのかもしれないし、あるいは、ここでだけ用いられているコードネームのようなものなのかもしれない。とにかくそういった呼び名らしきものがモニターに表示されたあと、未名子の簡単な入力操作があって、あまりクリアではないものの確実に実写だということがわかる映像に切り替わった。

ヴァンダにつないだときに映るのは、いつもきまって殺風景な、グレイを基調にした背景だった。中央には、顔の半分ほどに短めの髯《ひげ》を生やしたコーカソイド系男性の顔が大きく映しだされている。身に着けている服も白衣のようで、全体的にモノクロ映像と変わらない情報量だった。見ていてはらはらするくらい澄んだ緑色の目以外は。ヴァンダが未名子のほうをまっすぐには見ず、かすかに下方へ目線を逸らしているように見えるのは、彼の姿を撮っているカメラのレンズと、未名子が映っている、彼の見ている画面が若干離れたところにあるためだった。今日、音声ノイズはほとんどなく、口の動きと声がわずかにずれているのが気になるかどうかといった程度だった。ただ、こういうときのほうがかえって会話のペースがぎくしゃくすることがある。うっかり同時に会話したり、あいづちを不用意にうたないようにしなければ、と未名子は考える。ヘッドセットをつけた未名子の耳に、低めのクリアな声が届く。

「こんにちは」

ヴァンダの発したのは、いつもどおりよどみのない日本語のあいさつだった。未名子は、自分の顎の先に浮いている飴玉くらいの大きさのマイクに向けて、簡単なあいさつを兼ねた音声レベルのチェックをすると、二度咳払いを喉の奥で飲みこんで、では始めましょうと宣言する。画面のヴァンダが微笑んだまま口を結んだ。ふたりの準備が整う。

「問題」

と未名子はいい、そうしてから自分の画面、ヴァンダからは見ることのできない場所に表示されている文章を読み上げる。

「小さな男の子、太った男。――そしてイワンは何に？」

読み終わったあとほとんど間を置かずに、遠い距離をへだてているにもかかわらず、未名子の耳にヴァンダの明瞭な声が響く。

「皇帝《ツァーリ》」

未名子は声に出さずに表情だけで笑って、

「正解」

というとキーボードを打ち、ヴァンダのアカウントにひとつ、この問題に正解したという情報を入力した。

未名子のここでの仕事は、定められた時間、遠方にいる登録された解答者にクイズを読み、答えさせることだった。問題を読む未名子と、答える相手は常に一対一で、相手はいつも同じではない。というより、そもそも通信での音声の質がその都度ばらばらなので、名前がなければ同じ人物であるのかどうかもわからない。このネットワーク上に登録された名前は、皆おそらく本当の名前ではないだろうし、ときどきひどくノイズが入る画面や音声の状況によっては、相手の顔どころか性別すら判断が難しいこともある。だから未名子は何人かいる解答者のうち、頻繁に通信がつながる数人しかその名前を覚えていない。ヴァンダはそのうちのひとりだった。こんな状態であれば、問題を読むのに美しい声であることよりも、聞きまちがいが起こりづらい発話ができる能力のほうが求められるのだろう。混雑する駅で聞き取りやすい電車のアナウンスや雑踏整理のときの掛け声が、独特の抑揚や発声方法でなされるように、未名子はその声質に、ノイズに溶けにくい特徴を持っているらしい。

未名子と相手はたいてい一回の通信で、二十五問の出題と解答を行う。未名子の見ているかぎり問題のジャンルに制限はなさそうだったし、ルールやタブーがあるようにも思えなかった。ただ出題される文章は、文化の齟齬《そご》による誤答を防ぐためか、またノイズが多い場合に音声の聞きまちがいを最小限にするためか、極限まで装飾をそがれ、慣れない人が聞くと禅問答のように感じられるものになる。たいていの問題は、ふたつかみっつの単語で成り立っている。

たとえば、リトルボーイとファットマンを下敷きにして、冷戦時に最も恐れられていたとされる、ソビエトの開発していたツァーリ・ボンバという核爆弾の名を、開発時のコードネームが『イワン』だったことから読み取ることができる、という、この問題のようなもの。

「今日は突然の通信依頼でしたね」

末名子が、急な予定変更への嫌味にならないように注意を払いながら言葉を選んでいうと、ヴァンダは、

「突然航行軌道の変更があって、通信障害のない時間帯がここだけになってしまいました。変更がきかないのであれば今日は通信できなくてもしかたがないなと考えていたので、むしろありがたいです」

と返答がある。さっきよりも若干音がききとりづらくなったのは、ノイズが多くなったせいであって、彼が話しているのはいつもと同じく、ずっとききとりやすい日本語だった。

「まったく問題ないです。今日はまたあとで、もうひとりのかたのアポイントがあるので。それに、たまたま近くにいたので、ほんとうに、まったく問題ないです」

というと、意外な返答がある。

「例の民俗学者の友人のところですか」

忘れてしまっていたが、おそらくヴァンダとは以前、資料館での作業の話をしたのだろう。おどろいて、それから末名子は答える。

「はい、彼女の、たくさんの資料の整理をずっと手伝っています」

以前ヴァンダは、日本語で雑談をしていたときに、

「私はネイティブな日本人だ」

と未名子が話したことに対して、

「ということは、あなたはアイヌなのですか」

と返してきたことがあった。当然なことなのかもしれないけれど、解答者はみなとても物知りだった。特にヴァンダは、未名子が出題をする相手の中でも飛びぬけて知識があり日本語も達者だった。初めて通信したときは送られてくる映像と日本語の音声が後付けの吹替みたいに感じるほどだったし、今でも彼が日本の外の文化の中で育った人だということに確信が持てないくらいに、その日本語は自然だった。

未名子はヴァンダといくつかの会話をして通信を切り、休憩を入れる。ヘッドセットを外して立ち上がり、小さく声を漏らしながら関節をゆっくり伸ばした。次の通信の予定はまだ三十分ほど後だった。

通信は、トラブルで遅れてしまうことを考えて、若干余裕を持った時間設定にしてある。たいていは問題が終わった後でも、多少の時間が余った。そのため問題が終わったタイミングによって、未名子は解答者といくらか雑談をすることが許されていた。日本語で話してい

る気安さからか、未名子との雑談を楽しみにしている解答者は多かった。未名子のほうも、最初は警戒していたものの、こちらのほうには大した機密事項もなかったので、あまり気づかうことなく自分の話をするようになった。

解答者のほとんどは日本語を母語としていない。けれども彼らの日本語能力はほとんどなんの問題もなく、解答だけでなくちょっとした会話についても、意思疎通には差しさわりがなかった。未名子は初め、雑談することなく解答としてシンプルな日本語だけを受け取っていたので、彼らの多くが自動翻訳を使っているのだろうと考えていたものの、しばらくして彼らはちょっとした会話の際にも、とても巧みな日本語を使うのだということがわかった。彼らはめいめいの方法によって日本語を獲得していた。多くの場合はインターネットで、少数ではあるけれどもかつての友人に教わったという人もいた。未名子はこれらのクイズがなぜ日本語で行われているのかということについて、カンベ主任に詳しく教わっていなかった。未名子が余計なことをきかないようにしようと考えたのは、この仕事の特殊性に身がまえて、慎重になっていたからかもしれない。けれどこの国がかつてのように世界有数の経済国であったり、アメリカとソビエトの関係が緊張していて、前哨地としてこの島の米軍基地が世界の大国から注目を集めていたころならともかく、今となっては日本語での会話が世界の電波に乗ってなされていたとしても、あまり気に留められないんじゃないだろうかと思うようになっていた。

　彼らとどういう話をするかについては、拍子ぬけするほど自由だった。彼らは基本的に孤独にさいなまれていたようで、未名子がたずねることなく向こうから勝手に自分自身の細かな話をしてくることが多かった。彼らがすべて本当のことを語っているとは未名子も思っていない。ただ、未名子に話して聞かせてくる細かなことは、すべてがほら話であることもまた、なさそうだった。ちょっとした日々のできごと、気持ちの動きは多少の脚色があるだろうけれど、そこは根本からの嘘や作り話を混ぜなくてはいけないようなものではない。未名子のほうでも、彼らが発する細かな言葉の断片をつなぎ合わせながら、海の上や高山での観測作業、あるいは灯台守のような仕事だろうか、などと彼らの状況を想像しながら話を聞いているのは楽しかった。彼らの話に漂う孤独なるものは、同情や脅威を生むものというより、未名子の送る毎日の生活に絶えず漂っているのとほとんど同じものに思え、未名子はこの会話によって、すぐ近所に暮らしている人と悩みを分かち合っているような気持ちになっていた。

　再度、画面を開く。

　次の通信相手欄にはポーラという名前が表示されている。続いて画面が切りかわり、つるりとした背景はヴァンダのときと似ているけれど、もうすこし清潔な、でもやっぱり同じくらいせまくるしいところが表示された。未名子が今までの人生で見たことがある場所のうち一番似ていると思えるのは、どこかの寝台列車の個室コンパートメントか、あるいは都市部にあるカプセル状の宿泊施設。どちらも未名子は実際に入ったことはない。テレビの旅番組だとか、ドキュメンタリーといったもので知っているだけだった。ポーラは大きな目を眠たそうに半開きにしていることの多い、造作自体は整っているのだけれどもなんとなくうすぼんやりとしたところのある東欧系の女性だった。化粧っ気もなく、髪の毛の手入れが行き届いていないまま豊かなそれを中央で分けて垂らしているせいか、またはストンとした入院着じみた服装のためか、未名子はポーラを見ていると、国際通りで見かけた、戦争反対を呼びかけるヒッピー風の米国人の集団を思い出す。

沖縄に暮らす未名子には、あのときの、基地や平和についてなんらかの主張をしていた彼女らが、彼女らの親の代からずうっとベトナム戦争の呪縛にさいなまれている、花柄をまとった美しい亡霊に見えた。

二、三のあいさつを交わした後、

「問題」

という未名子の言葉に、ポーラは緊張感のあるほほえみを浮かべ、椅子に腰かけ直すようにして身じろぎながら背すじを伸ばす。

ポーラの顔は、どういう表情をしていても美しいと未名子は思う。若干白くむくんでいるようには見えるけれど、それが元々の彼女の性質なのか、それともあまり日光に当たることができない場所にいるからなのかはわからない。未名子は、彼女がいる場所を聞いてはいないけれど、登録されている名前や雑談のあちこちから、勝手に極地の付近に暮らしているのだと想像していた。

「鴨川、波、造形の影響は、何者へ？」

今日、ポーラと未名子の通信には若干のタイムラグがあった。この問題に答えるのに時間がかかっているのか、うまく聞き取ることができずに沈黙しているのかはわからない。こちら側から追加でなにかをいうと発言が衝突してしまう気がして、未名子は黙ってポーラの発言を待つ。ここでの通信にはこういった沈黙がしばしば起こる。問題の出題は完全なランダムであるためか、日本語がネイティブでなく、日本の文化に詳しくなさそうな彼女のような解答者にも、日本の文化に寄ったローカル性の高い問題が出題されてしまう場合がある。こういった問題は、きっとヴァンダのほうが得意だろう。解答に時間制限は設けていないけれど、回線が不安定なときなどは解答中に途切れてしまうことがあるのを知っているので、未名子ははらはらした。恐る恐るポーラが、たずねるのと答えるのとの間みたいないいかたで答えた。

「……北斎？」

「正解！」

末名子が嬉しそうに声を上げると、ポーラは顎をあげ、額に手の甲をつけるしぐさで、ホッとした、という意味だろう表情をして見せた。

千葉県の鴨川にかつていた、伊八という名前の名工は波を彫ることにたけていて、北斎の『神奈川沖浪裏』に影響を与えたとされている——ということも、末名子は当然知らない。自分が問題の出題者で、答えが末名子の見ている画面上に表示されているから知っているだけのことだった。

クイズというものは、末名子が思っていたよりもずっと気持ちの動きがある遊びだった。知識の周辺にまとわりついた彼らの生きてきた過程で興味のあることや、今まで自分が生きてきた経験に追加していけそうな発見を確認していく作業は、ただ問題を読み上げるだけの自分のほうにも感情の動く余地がたくさんある。仕事をくり返すごとに、末名子はこのことを実感していた。

通信を切って、今までやりとりしていた情報をすべて廃棄するまでが、末名子の一連の業務になる。

「クイズってご存知ですか」

カンベ主任が面接の始まりに発した質問は、未名子が面接でたずねられるだろうと準備していたどういった種類の質問ともちがっていたので、

「クイズって、テレビとかで、高校生がやるやつですか」

と、まったく不用意で気の利かない、思慮の浅い返答をしてしまったことに後悔して、数秒前に戻ってしまいたい気分になった。未名子は人としゃべるのがそれほど得意ではないので、一度の会話でこういう、やり直したい瞬間が何度も訪れる。けれど、

「はい、そういうやつ、そういうやつですよ」

カンベ主任はあきらかに嬉しそうに答え、そうして続けた。

「かつてラジオやテレビの放送が多くの人に楽しまれるようになったころからですね、クイズという遊びのシステムはとても人気があったんです。最初期の、娯楽としてのクイズはラジオ番組で、聴取者から問題を募集して、知識人が答えるという内容だったんですよ。問題を出すほうが聴取者というのは意外ですよね。……最近の、といっても日本での放映はもう終わってしまった番組なんですが、『ミリオネア』というのはご存知ですか」

「名前だけ……たぶん、中身をちゃんと見たことはないですけど、こういう感じだったなっていう……」

末名子の記憶でそれは、青く光を放つ未来風なスタジオセットだった。清潔で、うす暗い小さめなホール。夜間病院の待合室のような。ふたりの人物が向かい合って、カウンタースツールと呼ばれる座面の高い椅子に座っている。ひとりは司会者兼出題者、そうしてもうひとりは解答者。有名人なのか、末名子はふだんあまりテレビを見ないからわからないけれど、ふるまいから想像すると司会者は有名なタレント、解答者は一般の人だと思う。まわりにはたぶん、よく見えないからくわしい人数はあいまいだけれど、数十人ほどは観客がいる。ふたりは交互に答えるのではない。たしか出題者と解答者の関係は固定されていて、変わらない。だからおそらく、ふたりの間に勝ち負けというものは存在しない。挑戦者と壁、または挑む者とその協力者という関係性なのか。たぶん非対称なものではあったんだろう。いくつくらい問題があるのか、ひょっとしたら一定量の正解によって相当な額の賞金が出たのではないだろうか、と、末名子はその番組のタイトルから予想する。

「早く答える必要がない、ようは競争をしない一対一のクイズには、対話があり、心の交流が生まれます。そこにあまり作為はありません」

カンベ主任は、仕事の説明だといいつつ、ずっとクイズ番組の話をしている。これはなにを意味しているのか、ここまでで彼がなにを自分に伝えたいのか、末名子にはさっぱりわからなかった。ただそのあとすぐ、だしぬけに、カンベ主任は末名子がするべき仕事についてくわしい話を始めた。

「あなたには、この交流をしていただきたいのです」

と、鞄の中からファイルを一冊引っぱり出して、数枚の印刷物を抜きとり、テーブルの上に並べた。文字がぎっしり詰まっているそれらのマニュアルらしきものを未名子のほうに向け、マーカーの先で示しながら手慣れた感じで説明を始める。一般的な基準から見てとても巧みな、感心してしまうほどの正確さと誠実さで、流暢な業務の説明が続いた。

遠くにいる知らない人たちに向けて、それぞれに一対一のクイズを出題する。仕事の正式な名称は『孤独な業務従事者への定期的な通信による精神的ケアと知性の共有』。通称は問読者《トイヨミ》、というらしい。依頼人は個人によるものではなく、多くの場合その所属する集団で、クイズの正解数や内容により、通信相手の精神や知性の安定を確認する目的でこのサービスを利用するのだという。

未名子は妙な仕事の話を聞きながら、これはもしかして、良くてなにかの冗談、あるいは悪質であれば仕事の面接と称して登録をさせる詐欺の類なのではないか、と身がまえた。そうして自分はこの求人の情報をどこで手に入れたか、と思いかえす。ネットで自分の情報を記入し、登録するタイプの求人サイトは、知っている限り全国規模の大きな企業がやっているものだった。法に触れるような怪しいものである可能性は低そうだけれども、考えてみればあのサイトの山ほどの情報にすべてなんらかの保証がついているのかといわれれば、それも確実ではないような気がしてくる。

末名子の業務は、基本的には那覇にあるスタジオの個人的な作業によって完結するものだという。PCのパスワードや、してほしいこと、してはいけないこと、こうすると好ましいというアドバイス。カンベ主任がマニュアルの項目をひとつずつマーカーで線を引きながら説明を続けるのを、末名子はだまってきいていた。

今回新しく置かれるスタジオにはひとりだけが採用され勤務することになる。こういった規模のスタジオは国内外にあって、業務に携わる人間があちこちにいるらしい。業務に関する守秘は一般的な会社と同じ程度には厳しいものの、もともとの利用者が置かれている状況がわりあいにレアケースなので、利用人数はさほど多くなく稼働が激しいわけでもない。大きな金が動くこともないので、注目があまり集まらない。こんな状態では、反社会的なものの資金源にもなりづらいことだろうと思われた。

「このサービスはあらゆる国で行われています。ただ、この国ではより小規模での展開ですから、まあ、悪用される可能性もないといいますか、さほど警戒されることがないというわけです。ようは遊びですからね、なぞなぞ遊び」

とカンベ主任は自嘲気味に笑った。

「ひとりの解答者が選びとる解答は、その人自身の、人生の反映なんです。ただの自問自答ともちがいます。別の人生を過ごしている人間からの思いもよらない問いかけによって、解答者は軽く揺さぶられ、混乱し、同時に自分の経験の思いもよらないところから解答が引き出されます。その人生に一見もう必要がないと打ち捨てられていた、なんならもう二度と思い出したくもないと考えているような、脳の端にあった経験が意味を持ちます」

この仕事は企業の電話サポートセンターでもなく、また勧誘業務でもない。ウェブカメラの動画通信を利用するので、相手には自分の姿が見えてしまう。相手がどんな人間かも、つながるまでこちらはわからない。いくら交流の内容がクイズの出題と解答だけだといっても、相手がどういうふうにこちらに接してくるかもわからない。未名子は電話オペレーターの仕事の際に、いくつかのそういう悪意のある言葉を向けられることも珍しくなかったことを思い出す。人というものは相手のほうが敵意を持っているかどうかに関係なく、相手を敵だと考えてしまうことがある。そんな人たちと対話や交流を持てるものなのだろうか。カンベ主任から仕事についての説明を受けている間も、未名子はずっと、この仕事に対して疑う気持ちを振り払うことができずにいた。

結局、未名子の不安を拭って信頼を担保したのが、何よりカンベ主任の態度だった。彼はこの仕事について、というよりすべての自身の発する言葉について、とても誠実だった。未名子は今まで生きていて、ここまで突飛なことに関してこんなにもていねいに説明をしてくれる人物には出会ったことがなかった。

「この仕事はたしかにとても奇妙です。それはわかっています」

カンベ主任は、未名子に対してはっきりいった。

「今日、業務について説明されたからといって、受けなくてはいけないと思いすぎないでください、その気になったとしても後になって気が変わったなら、いつでも連絡をいただけたら降りられます、個人的な業務なのであまり替えがきかないけれども、退職はいつでも受け入れますし、休暇についてもいつ取ってもよく、決して無理はいいません。服装にも特別な決まりはありません、いちおう相手がいる仕事ではありますので、資料にも極端に思想性の強いものは避けていただきたいとは書いてありますが、日本の社会の中で身に着けている程度のものであれば多少奇抜でも、楽な格好でも問題ないです」

といったあとに付け加えて、

「もちろんメガネでも、スニーカーでも」

と穏やかに笑うカンベ主任のいいかたには、あまり必死につなぎとめようとする意図は見えず、かといってほかに代わりはたくさんいるんだと突き放すような感じもなかった。

「コンタクトはしていないです。視力はいいほうなので」

と未名子がいうと、今の時代それはすばらしい財産ですよ、とカンベ主任はいった。いわれてみると彼のかけているメガネは、その体同様にちょっと重たそうに見えた。

すべての攻撃性から慎重に距離を置いたカンベ主任の言葉は、それを聞いているだけでも未名子にとって、とても安心ができるものだった。

面接の終わりに、未名子は自分の飲んだレモンティーの代金を払おうとして、

「いえいえ、これは面接ですので」

とカンベ主任に制された。未名子は喫茶店のようなところで面接を受けた経験がなかったので、ごちそうさまというのがかえって失礼に当たってしまわないか、社会人としてマナー違反にあたらないか、ためらいながら考え、

「よろしくお願いします」

というと、カンベ主任はとても品の良い笑顔になった。

未名子は面接を終えて家に帰り、その日のうちにカンベ主任から採用の電話連絡を受けた。業務開始の日時と、業務をする場所だけ聞いて電話は終わり、後日未名子の家に書留で事務所の鍵と、簡単な業務に関する手引書とカンベ主任の連絡先、契約書、返信用の封筒が入ったものが届いた。その郵便を受け取った瞬間も含めて、未名子は何度か、やっぱりこの仕事を受けるべきではなかったんじゃないか、断ったほうがいいのではないか、鍵を封筒に入れ

て送りかえすべきなんじゃないかと悩んだ。

結局未名子は契約書にサインをし、返信用封筒に入れ投函した。業務開始の前日と当日の朝には何度かカンベ主任に電話を入れ、どこに何があるかなど細かく尋ねたりもしていたが、ひと月半もするとすっかり仕事に慣れたので、やっぱりこの仕事は未名子に向いていたんだろう。スタジオには先輩もいなければ後輩もおらず、だから教わることも、またなにかを依頼したり、されたりといったこともなかった。自分のペースで表示される問題を読むことだけが仕事の要であって、雑談の部分は慣れたからこそやっているだけで、べつに必要ではないし、また余計だと怒られることもない。


ふたりとの通信、つまり出題と解答、すこしの雑談を終えて、二杯分淹れていたコーヒーを飲みきった未名子は、コーヒーメーカーのパーツをすすいでＰＣの電源を落とし、エアコンと照明、換気扇を切って事務所に施錠し外に出た。

未名子の仕事は、表面的な部分だけを見ればどこにでもある事務仕事やテレフォンオペレーターといったものとたいしてちがいはない。実際、カンベ主任は、この仕事を国内外で行われているごくありふれたものだと説明していた。それが本当なのか、実際のところ今でも未名子は疑っているけれど、証明する方法はない。世界にはたくさんの会社が存在して、中には日本の法律に差しさわりがないといっても、ふつうに考えてかなり変わっている仕事がある。今の自分がやっているのは、こんなふうに特殊な仕事のうちのひとつなのかもしれないと未名子は思う。たとえば探偵や手紙の代筆業、また、健康食品などの、ひどくだます表現をぎりぎりで避けた、個人の感想をたくさん盛り込んだレビュー、それに謝罪業やエンバーミングといったもののような。

サンライズ・ヘルス・サイエンスシステムの横の階段を下りてビルを出ると、夕方にはだいぶ涼しい風が吹くようになってきている。未名子はモノレールの駅の近くにあるスーパーに入って、あらかじめカットされている袋入りミックス野菜とトマトの水煮缶詰、ベーコンの小さな真空パックを買ってバスに乗った。

浦添市内のうち港川よりさらに那覇から離れたところ、牧港《まちなと》と呼ばれるあたりに未名子の暮らす家がある。かつては名前どおりの港町で、中国からも貿易船が入るほどに大きな、島の玄関口だった。近代に入るにつれて、河口が近く遠浅な海が大型の船に不便になったらしく港は移設され、さらに埋め立てられて、今となっては港の面影はほとんど見られない。牧港は昔の呼び名では『待ち港』で、その語源はテラブガマという自然にできた洞窟の伝承に由来する。テラブガマは沖縄にいくつか残る、祈りの地とされている場所、御嶽《うたき》のうちのひとつだった。この島のほかの自然洞窟《ガマ》の多くがそうであるように、戦中は防空壕として使用され、太平洋戦争末期になると大小規模の集団自決がいくつも行われた。

未名子が郵便受けを開くと、不在通知が一枚入っていた。便りはほかになにもない。未名子に心当たりのある届け物はひとつしかなかった。配達人が慌てていたのか苛ついていたのか、くしゃくしゃになってつっこまれていた不在通知を手に取って家に入る。未名子の父が残してくれた家はたいして大きくもない古い一軒家だったけれど、それであっても未名子がひとりで暮らすにはさすがに大きく手に余った。放置したままの部屋もある。この土地で代々続いている家でもないし、売り払って便利なアパートに移ってしまったほうが楽なのではないだろうかと思うこともあったけれど、特別ここの環境が気に入らないわけでもないし、順さんがやっている資料館の手伝いに便利だということもあって、無理に引っ越す必要も感じられなかった。

なにより、ここのところ未名子には、やらなくても生きていけることをする気力があまりなかった。家の売却や引っ越し、免許の取得といった、今の自分がより快適になることへの手続きよりも、生きていくためのルーティンを続けることのほうが疲労がすくないと思っていた。荷物を置いて服を着替え、不在通知に殴り書きされている番号に、再配達の依頼を済ませた。電話番号は殴り書きで癖が強く、読み取らせることを拒んででもいるような字だったので、末名子は自分の読み取った番号が正しいのか不安だったけれど、いつもと同じ配達人だからなのか、番号を途中まで入れると発信履歴に同じ番号があったことに気がつく。

末名子はカット野菜とベーコンを半分ずつ使って、トマトの缶詰を開け鍋に注ぎ、すべてをそのまま火にかけて、スープを作る。冷凍庫からパンを出して凍ったままバターを塗りトースターに入れる。はたしてこういう類の行為を料理と呼んでいいのか、ばらばらに買ったものを包丁も使うことなくいっしょくたにして火にかけるだけなら、出来合いのもの、たとえばスープの缶詰などを買うのとたいして費用も手間も変わらないのではないだろうかと、くつくつ沸くスープの表面を見つめながら末名子は考える。

部屋の空気の入れ替えや洗濯のとりこみ、そういった家の用事をひととおり終えて夕食をとっていると、再配達が届く。段ボール箱は決まりごとで作られた、いつも届くものとまったく同じ大きさで、そのうえたちの悪いいやがらせみたいに軽かった。いつもどおりに笑いをこらえながら末名子はそれを受け取る。ただ、そのいやがらせを共有しているはずの配達人はこんなことには慣れっこなのか、それとも急いで配達しなければいけないものがまだたくさんあるからか、無表情を崩すことなく末名子がサインをした控えを受け取って帰っていった。

末名子は通販サイトのロゴが入った真新しい段ボール箱を開けた。箱の底、段ボール紙の板にビニールシートで圧着されたマイクロＳＤカードのパッケージが六枚並んでいる。これもまったくいつもどおりだった。未名子はハサミを使わずに、指先だけでそれらをむしり取って個別のパッケージを外し、リビングにあるテーブルの上に並べた。こんな、爪先ほどのプラスチックの欠片を不機嫌な配達員がそこそこ大きな段ボール箱で運んでくる。箱の表面が湿度を持っていた。配達人の機嫌が悪いのは、台風が近づいてきているせいかもしれない。こんな、ふざけた事実の連鎖さえも、この世界に暮らす大勢は当然のような顔をして受け流さなくてはいけなかった。

未名子はキッチンにある食器棚の抽斗から缶の箱をふたつ取り出してきて、リビングのテーブルに並べて置く。どちらも同じくらい、単行本程度の大きさの、箱の印刷から考えてなにかの菓子が入っていたものだ。ひとつははっきりとした黄色、これは焼き菓子の品名そのものずばりが書いてある。その脇に『地名＋銘菓』の表記があるので誰かからの土産でもらったものだろう。もうひとつのほうは和風の、千代紙風な模様が印刷されていて、米菓が入っていたのかもしれないが未名子は覚えていなかった。

未名子は黄色いほうの缶のふたを開けた。中には数枚のマイクロＳＤカードが入っている。中から一枚を取りだしてテーブルに置き、今日届いたほうの六枚を缶の中に納めていく。ていねいにふたをし終えると、次に未名子はもうひとつの缶のふたを注意深く開けた。中には、さっき開けたほうの缶に入っていたのとまったく同じ見た目のマイクロSDカードが、こちらは缶の半分くらい、おそらく数十枚は入っている。未名子は、テーブルに残った一枚を、スマートフォンに入っているものと挿し替えた。未名子はさきほどまで端末に入れていたマイクロSDカードをリーダーに挿し、テーブルの上で開きっぱなしにしているノートパソコンにつなぐ。画面上に、スマートフォンで撮った何枚もの写真が表示され、スライドショーで流れていく。柄の入った布の一片、日記の一頁、新聞の隅に書かれた覚書、缶詰のラベル、公共の掲示板に貼り出すための記事、割れた盃、角の取れた丸い石。それらすべてに採集場所があり、聞き書きには話し手がいて、それらの情報は資料館のインデックスにまとめられている。

未名子はひととおり確認してから、そのマイクロSDカードをリーダーから取りだし、開いている缶の中に入れ、念入りにふたをした。こうやってひとつずつふたを開けて、それから閉めないと、それぞれの缶の中身が見た目の上ではまったく同じものでしかなく、万が一ぶちまけたりして混ざってしまえば、ひどいことになるのを未名子は知っている。ふたつの缶を重ねて抽斗に納めるまで、未名子は儀式のような決まった手順で一連の作業をやりとげる。

カンベ主任は面接のときに、この仕事を「場合によっては、若干ひとぎきの悪い」と、表現していた。未名子は決まった時間に「場合によっては、若干ひとぎきの悪い」場所で働き、家では最低限の暮らしに必要な家事をして、ときどき本を読み、スーパーやインターネット通販でいくつかの必要なものを購入し、ほかの多くの時間を「場合によっては、若干ひとぎきの悪い」資料館で過ごしている。

資料館の作業に終わりがないのは、現実自体に終わりがないのと同じようなものだった。インデックスの整理は、補修が済むと次のステップに進む。ひとつの約束ごとでライン上に並んでいるものを一度ほどいて、また別の約束ごとでつなぎなおすということを繰りかえす。さまざまな要素でつなぎ変えることを続けると、情報同士は有機的に関連していき、切り離されたものがまた別の項目と紐づけられる。

資料館には沖縄の人々から集めた情報の、今現在の感覚で考えれば真偽が確実でないあらゆるものが保存されていた。収集したのは順さんだけれど、記憶の聞き書きや人の主張は、収集する時代によっても要素が変わり続ける。時間によって変化していくうえ、その記憶の信頼度は絶えず揺らぎ続けるとても不安定なものだった。ただそれらの資料が真実の記録なのか、どこかで形を変えてしまったのか、それとも初めからすっかり偽物なのか、頭を抱えて考えるのはその時代ごとの研究者がすることで、収集する側はできるかぎり資料を集めるだけだと順さんも未名子も考えている。

未名子は資料を確認し、ときに補修をしながら、その確認した日時を記録する。このときまでは確実に、この資料はここで保持されていた、という証拠のタグをつける作業。未名子は専門の研究者ではなかった。だから自分の勝手な判断でデータに自分の見解を書き加えるわけにはいかない。けれど、文化だけでなく、河も山も海岸線も、いろんなものは絶えず変化していく。未名子は自分の意見を書き加えることはせず、新しく変わっていく要素については、今までの記録とは別にして追加していった。どれだけ情報が増えても構わない、それを必要か不要か考え取捨選択するのもあらゆる研究者であって、それは絶対に順さんでも未名子でもない。

資料はインデックスだけでなく、資料自体の劣化にも注意ぶかくなくてはいけなかった。どんなに補修をしたって、物体は放っておくだけで劣化していって、中の情報が減っていくものだった。情報を『現在』とした時点で、それがもう現在でないのと同様に、資料館にあるあらゆる物質、紙や布、紙の上の文字のすべての上を、無限の数の『現在』が通過している。

未名子はいつもどおり、インデックスからひいた資料をひとつずつ、スマートフォンで写真を撮って保存していく。まともな機材もなく撮影の技術のほうもたいしたものではなかったし、将来そんなものが本当に役立つのかわからないけれど、このままなくなってしまうよりはずっと良いと未名子は考えている。すくなくとも、この資料館の中に詰まったすべての情報は、デジタルデータにしてしまえば缶の中のチップに収まってしまうほどのものだった。

空の色を見るだけで、台風がすぐそばまで近づいてきていることがわかった。ここのところ、テレビや新聞、ネットなど、どこの気象情報でも、台風がふたつ並んでやってくると報じている。この時期、島に双子の台風がやってくることはそう珍しくない。

ただ、双子台風の狭間には、ひどく晴れて暑くなったり、逆にとても寒くなるような、気候が通常とちがった変化を見せる場所が生まれる。最近では気象予測の技術も進化していて、よっぽど大きな台風のとき以外は店も開いているし、次の台風が来るまでに用事を済ませることもできるけれど、もっと昔、双子台風の狭間の時期というのは古くからの体験を元に次の台風がすぐ近くに来ていることを予測して、みな外に出ようとせず家にこもるようにしていたらしい。次の台風が迫っているときに補修や片づけをしてもあまり意味はないし、馬や徒歩での移動が主だった時代は、そんな悪天候に対応して行動することも難しかっただろう。

この島にはずっと昔から今に至るまで、ほんとうにたくさんの困難が集まり続けた。台風もそのうちのひとつで、一度来てしまうと昼間であっても外に出ることがかなわず、夜は夜で、家鳴りのためにうまく眠ることができない。

台風というのは低気圧の巨大な塊で、人間というのは水の詰まった袋とほとんど同じだ。だから気圧によって人は体調も精神もすこしばかりおかしくなる。台風は、強い風と低気圧で、人の内側と外側を同時にひどく揺さぶり続ける。この島の人々は、一年のうち相当長い期間、体の中をかき回され続けていた。空から爆弾が絶えず落ちてきているようだとたとえる人もいる。ただ、爆弾が落ちてきているときの町の風景を見たことがない末名子はこれに同意も反対もできなかった。台風は爆弾のようにはっきり建物や人間がこなごなにされるほどの被害にはめったにあわないかもしれないけれど、看板や木や、ちょっとしたものが壊れることはしょっちゅう起こる。爆弾というものは、作った人の悪意や、あるいはそれを持ちえた人のざわざわした感情によって悲劇を起こすものだとすれば、台風のほうは、人の感情に直接働きかけてざわめかせる。かつては大きな事故や事件も、こういうときに増えるとされていたらしい。台風は人を凶行に走らせると、このあたりの、ある一定の年齢以上の人たちは今でも強く信じている。

台風が大暴れしたあと、しりぬぐいをするのはいつも島の中に暮らしている人たちだった。台風は自然現象だからしかたがないけれど、あと始末みたいな作業ばかりを続けるのは精神的に負担が大きい。自分のやっていることがひどく無意味に思えてしまい、おかしくなることがある。気圧で体や脳を揺さぶられた直後だったらなおさらだった。
台風でも爆弾でも、めちゃめちゃになってしまった町を元に戻すとき、あまりにも様子が変わってしまったその風景を取り戻すには、どんな些細《ささい》な手がかりでも必要だった。いくら元々の姿を覚えていたとしたって、ひどくめちゃくちゃに壊れてしまった後だとなんらかのヒントがないと戻せない。前々から住んでいた人に訊こうにも、体の中と外を揺さぶり続けられているとき、人は細かいところを覚えていられないことが多かった。記録していた情報も吹き飛ばされてしまうこともあるし、そもそも記録していないこともある。結局はなんとなく以前の、ノスタルジーの補正がかかった記憶を見よう見まねで元の状態に似せながら、文化をあいまいにつぎはぎしている。この島の風景の多くの場所には、そんなところがあると未名子には思えた。

ギバノという登録名で表示されている通信相手の男は、未名子が仕事でやりとりをしている相手の中でも、いちばん日本語が拙《つたな》かった。ギバノはていねいに作られた石像のようにほりの深い顔を持った中東あるいは中央アジア系の青年で、いつも短く刈り揃えられた黒髪や、剃りたてのひげのない顔、整えられた眉は、物々しい背景に似合わずとても清潔な雰囲気を持っていた。浅黒い肌に映える、ブルーグレイの皺《しわ》のないスーツをいつも身に着けているところから、未名子はギバノのことを、孤独な僻地で仕事をしなければならない不遇なビジネスマンなのかもしれない、と推測していた。

彼のカメラに映っているコンクリート状の質感を持った背景は、未名子が通信をしているほかの人たちと比べても、飛びぬけて不穏な場所に感じられた。未名子は、かつてニュース映像で見た、アラブの過激派とされる指導者が見つかった、ほこりっぽい隠し部屋を思い起こす。彼自身は自分のいる場所を『シェルター』と呼んでいて、その場所は、

「戦場、どまん中、しかし世界一安全な場所だ」

と主張する通り、大変に頑丈であるようだった。

彼のウェブカメラはすこしだけ下を向いていて、周りが見えにくいようにしてある。そのために床に敷かれた美麗な文様の敷物が映りこんでいた。その小ぶりな敷物は、寝転がってくつろいだり、犬とたわむれるためのものではなさそうだった。

「外、ぜんぶ荒れ野の焼け野原になってぜんぶ終わっても、ここはダイジョーブ」

ギバノは自分の無事をそのまま売りにして、シェルターのセールスをしているという。そうしてギバノ自身の暮らしは逐一、世界に配信されているらしい。未名子が、

「この通信も？」

とたずねると、ギバノは笑って、

「ノー、君の世界デビューはまだ。ずっと、たぶん、ムリ」

とこたえた。ギバノのいる場所は送信についてまったく問題ないけれど、相互通信はそれなりに制限されているという。日本語は付け焼刃で覚えたらしい。

話す日本語と同様に、ギバノははっきりとクイズ問題に関する得意不得意があった。ただ問題を読むだけの末名子にも推察できるほど、知識に関する偏りがある。それでも得意ないくつかのジャンルに関しては、ヴァンダに負けないほどの知識を持っていた。この程度の偏りならば、世の中に生きている誰もが持っているものだろう。それに、知識の偏りから解答者の人生を推測することは、末名子にとって楽しいものだった。

ギバノは見たところ清潔なビジネスマンだけれど、生き物と哲学のジャンルにとても詳しかった。特に動物と人間にまつわる世界中の文化的な周辺知識、事典や図鑑にあるものではない生きた知識をとても豊かに持っている。

ただ、末名子の見ている限り、彼のいるシェルターの中には虫の一匹も入ってくるすきまはなさそうだった。

遠くにいるだれかにクイズの問題を読む、というこの仕事は、一日に多くても二、三人程度の通信に対応すればいい。だからよっぽどのトラブルがない限り、一般的な勤めの仕事よりずっと短い時間で勤務が終わった。職場は自分ひとりきり、終われば誰に気兼ねなく帰れるところも末名子にとって都合が良かった。ごくまれに、先日のヴァンダのときのような急な変更が出ることもあるけれど、それも無理であれば断っていいという約束になっている。基本的には週に三、四日、ごく短い間だけスタジオに入って通信を行えばよいというこの仕事は、特別な高給ではないものの、家賃の必要がない末名子が暮らしていくくらいの必要には足りていたので、この仕事に関するあらゆる条件において末名子は満足していた。

読まれるクイズは、時事や芸能といった、テレビで見かけるような過剰にエンターテイメントに偏るようなものではなかった。それでもあらゆる知識をいろんな人と共有する遊びは、娯楽としてきちんと成立しうる、決して退屈な種類のものではなかった。正解を自身で理解できなくとも、返って来た答えを正解かどうか画面を見ながら判断して、誤答用に表示される解説文を見ているだけで、末名子自身も知識が身についていくように思えるのも楽しかった。自分の知らない知識をたくさん持っている人たちとの、深すぎない疎通も心地よかった。きっとここを利用する何人もの解答者も、こういうささやかな感情のやりとりを求めて通信をしているんだろう。そうして末名子自身も、彼らと同じくらいに孤独だという実感があった。ようするに、末名子はこの仕事が好きだった。

ポータブルスピーカーのボリュームを絞って音楽を流しながら洗濯ものを干し、掃除を済ませる。台風が近いときに、しておかなくちゃいけないちょっとした家の用事は存外たくさんあった。きっと未名子が生まれるよりずっと昔にこのあたりに暮らしていた人たちは、もっとずっと煩雑で大変な、台風への準備が必要だったのだろう。未名子が聴いているのは数日前のクイズで知ることができた北欧のエレクトロミュージックだった。仕事が終わって、出題されたアーティスト名をスマートフォンで探し出すことは簡単だった。問読者《トイヨミ》をするようになってから、長いこと資料の撮影専用だった未名子のスマートフォンは、その役割をすこしずつ拡張させていた。

　未名子は、どうせどこの誰かもわからない人によるものなら、ＳＮＳで個人的な日記じみた感想とともに積みあがる星の数での評価よりも、短く読まれる問題と、そのあとの雑談の中で自分の心の中に引っかかった映画や本を帰ってから調べ、観たり読んだりするほうがずっと心が豊かになるような気がしていた。だいいち、未名子には、気に入ったものをすすめあうような身近な知り合いはいないし、ＳＮＳにも登録していない。

　未名子はそうやって、新しい言葉や遠いよその国の大きな客船の名や、その船が起こした悲劇や、それによって広がった社会運動、食べたことのない食材、生き物のなにげない行動に人間がつけた正式名称などをクイズの出題によって知った。それらは生活のあらゆる場所にほんのわずかずつではあるけれどしみこんでいって、未名子はそれらを取りこんでいる。

気がつくと家の外壁をびりびり鳴らす風が家の中に反響していて、この音を幼いころから聞きなれていた未名子は、台風が近づいてきているのに気がついた。おそらく双子台風のひとつめだ。洗濯ものを取りこみながら未名子は資料館のことを考える。順さんの体調は大丈夫だろうか。あの古い建物は。

順さんは途さんの送り迎えを受けていて、あんまりにも暑い日や天気が荒れているときには資料館に来ないこともあった。近ごろはそういう日が増えている。初めのうちは順さんか途さんが、今日は資料館を開けないことにした、と未名子に電話をしてくれていたけれど、今では未名子が前日の天気や順さんの体調などいろいろ考えて、来ないだろうと考えられる日には行かなくなった。そうして大抵、それは正しかった。

ふと未名子は、クイズ出題で使われている問題がどうやって作られているのかが気になった。未名子以外のたくさんの人間によっても読まれていて、世界のあちこちで出題され、答えられているらしいこのクイズなるものは、未名子の覚えている限り、同じものが表示されたことはなかった。完全にランダムらしいので解答者にパーソナライズされているわけではないだろうと思うけれど、きっとどこかのアーカイブには大量の問題が保存されているんだろう。専門に作っている人がいるんだろうか、それとも以前カンペ主任がいっていた昔のラジオ番組のように、どこかで出題だけを募集しているんだろうか。あるいはひょっとしたら、答えになる単語を入力すると、クロールされた検索結果から自動で生成される仕組みがあるのかもしれない。問題がほぼ単語だけで成り立っていることを考えたら、まあできないこともない。シンプルな検索エンジンと、強固で豊かなアーカイブさえあれば。

考えているうち、重い雨が壁を打ちたたきはじめた。未名子は、家の外のさまざまな音が鳴り響く中で、とりとめのないいろんなことをつらつらと考えながら気づかないうちに眠りについた。


朝になるともう風はすっかりやみ、空気は透明でさらりとしていて、強い日が差していた。この調子ではきっともう、家の前のアスファルトも乾いている。雨や雲、すべての湿度を持ったものを強い風が吹き飛ばしてしまったあとの、典型的な台風一過、今日の場合は双子台風に挟まれた、さっぱりとした晴れ間だった。でも、どうせすぐにまた大雨になるのだからと未名子は空気の入れ替えのために一階の窓を開けようと手をかける。

瞬間、小さい悲鳴を飲みこんだのは、カーテンを引き開けた目の前、未名子の家の小さな庭にいっぱいの、大きな一匹の生き物らしき毛の塊がうずくまっていたからだ。

未名子は動物を飼ったことがない。小さな、たとえば金魚だとか蝶だとか、そういった小さな生き物は飼ったことがあったかもしれない、ただそれも記憶があいまいなとても幼いころだったので、どういう理由で飼い始めたか、どうして死んでしまったかさえ、とうに忘れてしまっていた。自分から望んで動物園に行ったこともないから、大きな動物は図鑑で見たことがあるかどうかというほどの知識しかなく、通りを誰かが連れて歩かせている犬が、どんな種類のものかもわからないくらい、末名子は生き物に対しての興味がなかった。

目の前にいる生き物は、足を折りたたみ、顔を体の側にすくめているらしく、毛の生えた丸まった塊にしか見えない。どっちがお尻で頭なのかもわからなかったけれど、今まで見たことのある中で一番大型の犬よりもはるかに大きいものに見えた。ただ、じゃあ犬でなかったならいったいどんな種類の動物なのか、家の中からどれだけ見ていても、やっぱりよくわからない。

最初、末名子は庭にいる大きな生き物が生きているか死んでいるかさえ判別がつかなかった。しばらく見ていて、それが生きているものだと気づいたのは、塊が呼吸をするように絶えずかすかに膨れたりしぼんだりしているからだった。

末名子が縁台から庭に出て近づいていっても、動物はいっこうに逃げ出す気配がない。寝ているんだろうか、それとも、けがかなにかをして具合が悪いんだろうか。触れることができるくらいまで近づくと、短い毛の生えた茶色の体は泥だらけで、枯葉やゴミがあちこちにまとわりついている。台風で吹き飛ばされて迷ってしまい、風雨をしのぐためにこの庭にやってきたのかもしれない。未名子が手を伸ばして小さい葉の欠片を払うと、未名子の存在に気がついたのか、塊はゆっくり形を変えた。ふたつの、体に比したら小ぶりな縦長の耳を立て、顎をあげる。未名子は自分が持つ、生き物に関する知識を頭の中で探った。大きさから考えると小さめのクマか、もしくはヤギやロバ、あるいはひょっとしてシカ？　またはイノシシにもこういう色のものがあるのかもしれない。どのくらいの獣がこの大きさにあたるのか、未名子には目の前の生き物について、適切なサイズの見当がつかない。自動車よりは小さく、自転車よりは大きい。肉食なのか草食なのか、狂暴なのか、野生動物か、人に飼われているものなのか。自分の観察した結果にまったく自信が持てなかった。

しばらく未名子はその生き物のそばに立って、眺めていた。注意深く観察し、想像する。けがをしているのではないか、病気なのか、疲れているのか、すでに瀕死なのか。でも、その生き物がどんな種類のものなのかがわからないのだから、それが元気なのかどうかなんて、なおさら予想がつくはずがなかった。ただ、外から見た限りでは出血を伴うような大けがをしている気配はなかったし、毛が抜けているとか苦しそうに悶えているというような、一般的な動物の異常らしき手がかりも見当たらなかった。

ただ、ふつう野生動物というのは人間が近づくと逃げるか、それでなくても警戒や威嚇をするのが自然だということは、未名子にもなんとなく想像がついた。なにか事情がなければ、こんなふうに逃げもせずじっと座っていることなんてないんじゃないだろうか。

駐在所かどこかに連れていくことも考えたけれど、もう仕事に出なければいけない時間だった。しばらくの間悩んで、未名子は結局そのままにしておこうと決めた。ほとんど動かない生き物と、困惑して立ち尽くしている未名子の頭上で、雲だけが早回し映像のような動きを続けている。空はまだ明るく青いけれど、今日の深夜にはまた天気が荒れる。予報で聞いていた双子の片割れが近づいているのがわかる。ふたつ並んだ台風はたいていぴったり同じルートをとおって過ぎる。ただ昼の間は天気がよさそうだから、放っておけばしばらく庭にいて休み、元気が出たら、自分の家のほうに帰っていくかもしれない。

未名子は、せめてこれだけはと思いついて、風呂場の洗面器に水を入れて生き物のそばに置くと、急いで支度をして仕事に向かった。

「つまりそれは、動物が、庭に、迷いこんできた、ということですか」

いつもの出題と解答の後、未名子の雑談がてらの相談ごとに対して、ヴァンダは言葉の内容をひとつずつ確認するようなやりかたで復唱してから、さらにたずねてきた。

「どんな」

未名子は、

「私にはよくわかりません。あまりいろんな動物を近くで見たことがないので……犬や猫ならなんとかわかるんですけど。たとえばイタチや仔グマ、イノシシみたいなものとかだと、さっぱり。急いでいてそんなに長いこと観察できていないですし、うずくまっていたし、顔も良く見えなかったし」

と伝えた。

「そんなに大きいのですか」

ヴァンダは明らかに、好奇心を緑色の目に満たしている。未名子はモニター越しでもわかった。彼の、未知のものに対する興味のありかたはとてもわかりやすかった。

「大型犬でも、あれほど大きいものは、今まであまり見たことがないと思います」

「鳴き声は」

「私がいるときに、鳴くようなことはありませんでした。夜は嵐だったので聞こえなかっただけかもしれませんが」

「翼はついていましたか」

「いいえ、そういった種類の生き物ではないです。日本にはあれほどの大きさの、空を飛ぶ生き物はいません、たぶん」

「丸くなっていたんですよね」

「はい、だから足が長いのか、胴が太いのかさえも実はよく見えていないんです」

末名子の、ひとつずつのていねいな答えにヴァンダはふうん、と息をついて、椅子に深く腰掛けなおし、さも楽し気に考えこむ。まるで最後にとっておきのおまけのクイズを与えてもらったという様子だった。末名子は、

「笑いごとではないです」

と小さい声で苦情をいう。ヴァンダはまだ顔のあちこちに微笑の跡を残したまま慌てたふりをして、

「あ、いや、申しわけありません」

とかるく謝罪をしてから、続けた。

「でも、個人的な意見ではありますが、もし、今日帰ったときにまだ庭にいるようであれば、その生き物はあなたに懐いている、あるいは今後近いうちに懐く可能性が高いと思います」

末名子はヴァンダの言葉で、そういえば自分は人でも動物でも、なにか別の生き物に懐かれた経験がなかったかもしれないと考える。

「トーテムという思想があります。これは土地の、あるいは一族ごとの単位での思想であったり、また個人的なものでもあったりします。その人を守る、守護をするものの存在といったものです。形としては獣や鳥、魚などの動物や、植物の場合もあります。集団の場合はそ

の思想の統制などの社会学にも関わりますし、個人の精神守護に関する動物であれば、サイコロジーの領域で語られることもあります」

「私が見たものは、幻だったということでしょうか」

「いえ、そういうことではなくて、なにとも判断しえない形状の動物が目の前に現れたとき、人がそれをどういうものだと判断するか、ということです。北の雪深い場所にいる人が、今まで一度も見たことがないカバを守護動物とする場合もあります。恐ろしい敵であるか、仲間であるか、あるいは餌になりえるのかは、あまり関係ないことです……」

未名子には、あの大きな毛の生えた生き物、自分とはまったくちがうなにか別の約束ごとで生きていそうな獣が、人間同士のやりとりさえおぼつかない自分に懐いてくるとはとても思えなかった。

「もしまだ庭にいたら、次の通信のときに話の続きをお願いしますね。きっと」

とヴァンダは念を押して、通信を終えた。


いっぽうでギバノのほうは、未名子の話を聴いてひどくうらやましがり、君の家の庭にいた生き物に会いたい、触れたい、背中を撫でたいと大声をあげて興奮した。

もともと動物に対してあまり思い入れがなく、興味がわくことのなかった未名子の、無気力な雑談中に現れただけの動物、どんな種類なのかもわからない生き物に対して、こんなふうに焦がれるギバノの極端な感情の爆発に、未名子はおどろいた。はしゃぐ彼を見ながら、どう受け止めたらよいのか、困惑する。

「ソウゲン、日本人が考える広さの、八〇〇〇倍」

とギバノが切り出した。彼が生まれて育った場所は、草原の中にあったという。幼いころから生き物を飼い、背に乗り、殺して食べ、そうして暮らし続けていた。ギバノの生きていた場所では人間よりもはるかに多くの生き物がいっしょにいたので、迷ってやってきて、そのまま住み着く生き物の存在も、日本ほど珍しくはないのだろう。きっと未名子の知らない、見たこともない動物もたくさんいる。未名子はいっぽうで、自分がなにか大きな動物の背に乗った記憶さえなかった。

君の家の庭に迷いこむようにして、私のいるところにもそういった生き物が迷いこんできてくれはしないだろうか、とギバノは未名子にいって大げさに動揺し、夢想して悶え、落胆して肩を落とす。

未名子は自分の暮らしが孤独なものであるという自覚があったけれど、そのさみしさのために動物を飼おうと考えたことは一度もなかった。だから、ギバノがここまで焦燥して、動物のそばにいたいと欲求をあらわにすることに関して、まったくぴんとこなかった。しかもギバノの孤独は、あきらかに人間以外の動物の存在を欲していた。今ならば小さな羽虫でさえも彼の親友になりえるように未名子には思えたけれど、彼の今いるシェルターは精密で安全で、どんな生き物が入ってくるすきまもなさそうだった。

聞いていて、未名子は自分の家の狭い庭に突然現れた生き物が、今日、なにかのまちがいによってギバノのもとに行ってくれたらと考えた。自分のところに起こったまちがいであれば、彼のところにだって起こってもいいはずだ。幼いころからあまり人間が好きじゃないと考えていた未名子は、でも、いくつかの、身の回りにいる少数の人間は思えばすべて、かすかに、でもたしかに大切な人だと思えた。順さん、カンベ主任、そうして数人の通信相手。彼らが悲しむことは自分にとっても辛いことだ、大きな感情のつながりのない人でも、ただ大切なのだと未名子はこのときあらためて思った。

未名子はギバノにたずねる。

「私は動物に詳しくないんです。だから、あの大きな生き物がまだ庭にいたら、いったいどう対応すればいいのか、まったくわかりません。もしよければ、教えてください。もう家の近くにはいないかもしれないけど」

ギバノはしばらく考えこんでから、未名子に対して、

「つぎ、同じことが起これば、なにか、役に立つ」

と、動物に近づくためのいくつかの方法を話してくれた。自分の身の上に、今回と同じようなことがそうそう頻繁に起こるとも思えなかったけれども、未名子は注意深くギバノの話に耳を傾けた。聴きながら、このほんのしばらくの間に、ギバノの日本語が奇跡みたいに上達して、巧くなっていることに未名子は気づいた。

「口の近くを触るのは、危ない。草食、肉食、歯がちがう。肉食は襲う。ただ、怖いものを嚙んで、自分を守るのは草食。肉食の歯は裂く、草食の歯は毎日、多くの葉をすりつぶす。エネルギーはとても大きい。顎の力、エナメルの巨大、持った、いちばん、大きな武器。草食動物の歯は組織をつぶす。危険、非常に危険。感染症、治療、非常に危険。肉食より、ずっと大きなけがになる」

ギバノの話を聴きながら未名子は、自分の指先の感覚を確認して顔をしかめた。そうしてこんな知識が今後役に立つ事態になりませんように、と短く祈った。

未名子の真面目で誠実なふたりの友人であるヴァンダとギバノの想いが通じてしまったのだろう。仕事を終えた未名子が家に戻ってきたとき、大きな生き物は暗くなった庭の、朝とまったく変わらない位置に、同じかっこうでうずくまっていた。未名子が朝見たのは夢でも幻でも、もちろん見まちがいでもありませんと全身で訴えかけてでもいるように、塊はたしかに存在していた。

出るときに残しておいた洗面器を覗きこむと、中の水は半分ほどに減っている。容器が傾いたりしているわけではないので、わざとこぼしていなければきちんと飲んでいるんだろう。見たところ、すくなくとも死んではいない。朝と変わらない様子だということは、ひどく弱っているということではないんだろう。ただ、朝見たときより元気になっているというふうでもない。

ギバノもいっていたけれど、そもそもこの生き物が元気なのであれば、知らない人間である末名子が近寄れば逃げるか、すくなくとも警戒するだろう。閉じこめられているでもない状態で一日も時間があれば、家に向かって帰ろうとする。ずっとここにいつづけるなんてことはないはずだ。動物についていっさい詳しくない末名子でも、このことは理解できた。紐で繋がれていない生き物は、よっぽどのことがない限りその場所から動いてみるものだ。それをしない、ということは、なんらかの不都合な理由があってしかるべきなんじゃないのか。ヴァンダのいうように、この場所や、末名子のことが気に入っているようにも見えなかった。

末名子は、逃げる気配のない動物を眺めながらしばらくの間考え、庭から家の裏手を通って物置に向かった。うす暗い中、鍵束の中にある一本を手さぐりで見つけて挿そうとするものの、しばらく使われていなかった簡単な造りの鍵穴は錆びかけているためか、なかなか挿さらなくなっている。物置自体も、自分が本来なにかを収納し、人が開けたり閉めたりするためのものだということを忘れているようにびくともせず、未名子が苦労しながら何度かゆすっているうち、ある一瞬でふと思い出したみたいに、一気に開いた。

物置の中には、あまりいろいろなものが入っていなくて、がらんとしている。未名子の父はガーデニングも日曜大工もやらなかった。海水浴場もさほど遠くないのに、テントも、パラソルも、釣り道具もない。未名子の父がもともとそういう人だったのか、未名子がそういうものに一切興味を持たなかったので父親もそうやって暮らしてきたのか。今の未名子にとってはもうどちらでもいいことだった。

いつからあったのか、未名子は覚えていないけれど、一軒の家にあるにしては大きすぎる台車の上に、おそらく過去の大きな台風で使ったと思われるブルーシートが載っかっている。こんな大きな台車が自分の家にあったことがひどく不釣り合いな気がして、未名子は困惑する。いったいなにを載せたんだろう。おそらく人なら五、六人は載るぐらいの大きさだった。動かすだけでも重たそうだと思いながら、未名子は台車の上にある砂ぼこりの積もったブルーシートの表面を手ではたき、抱えあげて家に入る。

父の部屋にあったいくつかの段ボール箱を片づけて、床にブルーシートを敷いた。ここまでだけでもたっぷり三十分はかかり、未名子は顎から垂れてくるほどの汗をかく。外だけでなく部屋の中も、温度、湿度が高くなってきていた。双子台風のもうひとつが近づいている。

再び庭に出ると未名子はその毛の生えた塊に近づき、

「家に入って」

と、冷静になって考えれば相手に理解してもらえるはずもない言葉を口走った。生き物の、おそらく耳と思われる部分が静かに動く。頭のついていない方向、たぶんこちらが尻のほうだと予想できる側に未名子が回って、そっと触れる。硬い毛は湿っぽくて、すきまに土が混じりざらついていた。最初は恐る恐る、それから徐々に力を入れて、ぐいと押す。と、生き物は、思わぬ形に変形した。未名子はかがんだ自分よりずっと高い位置にある塊の、顔らしき部分を見上げる。丸まっていた塊の下には、生き物自身の長い脚が折りたたまれていたらしい。胴体の上からは首が伸び、その先には長い鼻面が現れた。頭から首の後ろにかけての長い毛、動物に詳しくない未名子にも、立ち上がった生き物がどういった種類のものなのかすぐにわかったのは、資料館にあった古い写真で見たのとほぼ同じ姿だったからだ。

『宮古馬《ナークー》』

サラブレッドに比べてずいぶん小柄なこの沖縄在来の馬は、あまり速く走るようにはできていないと聞いたことがある。それであっても未名子が周囲に手をのばせば生け垣に指先が触れられるくらいの狭い庭で、まる一日以上、繋がれてもいないのにずっと動かずにいられれるほどおとなしいとも思えない。どこか目立つけがをしていなくても、具合が悪い可能性はある。でも、たとえ未名子が犬や猫と長く暮らしていた経験があったとしたって、こんな特殊な生き物の体調なんてわかるはずがなかった。

未名子は馬の背中を、強くなり過ぎないよう躊躇しながらぽんぽんと叩いて、縁台をゆっくりあがるのを手助けし、はらはらした気持ちで父の部屋まで押していった。馬のほうはとくに暴れることもないばかりか、頭上が低くなっている鴨居部分は首を下げさえしながら、落ち着いて、というよりむしろ他人ごとみたいにのんびりとした様子で、未名子の父が暮らしていた部屋に収まった。

馬の体をぬぐったバスタオルは六枚、家にあったすべてが泥と枯葉だらけになり、未名子の全身も汗でぐっしょりになった。今日は洗濯のあと乾燥機をかけなくては、と息をみだしながら考える。しばらくは洗濯ものを外に干すことができなかった。また台風が来るから。

「今夜だけ、ここで我慢して」

そういって洗面器に新しく汲みなおした水を置くと、馬は口をつけ、カプ、カプと緩慢に飲み始める。

未名子はスマートフォンで馬の餌について調べた。インターネット通販で商品検索をすると、牧草がいくつかヒットする。ギバノがいっていたいくつかのワードで検索をかけ、馬を世話するのに緊急で必要そうないくつかのものを選択した。牧草が足りないときの栄養剤や、動物の体を傷つけることがないといわれるロープ。ただ、確かにインターネット通販ではどんなものでも見つかるものの、たて続けにやってくる台風の合間を縫い、急いで届けてくれるとは思えなかった。ただでさえ、このあたりは通常時でも商品の配達に時間がかかる。今日や明日に配達されるのは難しいだろう。注文を取り消したほうがいいかと未名子はすこしの間悩んだけれど、ギバノの、

「つぎ、同じことが起これば、なにか、役に立つ」

という言葉を思い出して、そのままにした。

そうしてほかのサイトをいくつか、たとえば動物園だとか牧場だとかのブログをいくつか渡り歩いて読み、冷蔵庫や家の中を探り、残っていたカット野菜をボウルに入れ、洗面器の水の横に並べて置く。馬は口をつけなかったが、置いておけばなにかのときに口にするかもしれないし、そうでなくても今夜だけなら、食べなくてもなんとかなるだろう。

暴風雨が過ぎたら駐在所に届けなくては、と考えながら、未名子が風呂に入って出てくると、すでに馬は四本の足を折ってうずくまり、庭にいたときのように自分の顎を胸元に付けて休んでいる。小さなスポーツタオルで髪を乾かしつつ、未名子はドアをあけ放ち、部屋の外に立って父の部屋で眠る馬を眺めていた。

末名子の父は寝るとき以外、自分の部屋で過ごしていることがなかった。末名子も、父が他界してから今日まで、この部屋に片づけのために入ったのだって、二、三度だった。

父の部屋の、荷物を端に寄せて片づけられた床で丸くなっている馬は、どれだけ眺めてもやっぱりなにかのまちがいみたいにして存在していた。

そもそもこの馬は、どこからなんの理由があって、台風のさなか家の庭に入ってきたんだろう。どこからはぐれて、だれの持ち物だったのだろう。末名子にはまったく思い当たるところがなかった。飼われていた場所の建物や柵が壊れ、逃げてきてしまったのだろうか。馬ともなると飼う側も結構な財産として持つのだろうから、存在感だけを考えても、犬がいなくなるというのとはわけがちがいそうだ。きっとずいぶん心配して、探しているだろう。届け出なんかも出されているかもしれない。馬が一日でどれだけ走ることができるのかはわからないけれども、あまり大通りを行けば目立ってしまってここに来るまでに捕まっただろうし、そこまで遠くはない場所で暮らしていたものなのではないだろうか。

沖縄の各地には、かつて競馬場がたくさんあったのだ、という話を末名子が聞いたのは順さんからだった。といっても順さんはもちろんその時代にこのあたりに暮らしていたわけではなく、順さんがまだ今より若く元気な研究者だったころ、今の順さんくらいの年齢の人たちに聞いたことらしい。

なぜ競馬場がなくなったのか、その直接的な理由については想像をするまでのこともなかった。戦争でこの島はあちこちが真っ平らになってしまって、最初から組み上げなおされたのだ。戦中の競馬については記録があいまいで人の記憶に頼った資料しかなく、今となったら近辺に競馬場はもちろんのこと、競走している馬の姿は見られない。

末名子はこの馬を駐在所に届けることを考えて、気を重くする。もともと警察はあまり好きではなかった。あいさつの声ひとつ取っても、大きく明瞭なことこそが価値があって優れている、と信じて疑わない人間のことが幼いころから苦手だったというのもある。ただ、いちばん大きい理由のひとつは、順さんの資料館で起こったできごとによるものだった。

一度、末名子が順さんの資料館にいたとき、駐在所の警察官が立ち入りをしてきたことがあった。どういう理由で来たのかはっきりと聞いていないけれど、周囲の住人からなにかの通報があったのかもしれない。

順さんはこの島に生まれた人ではなかった。あるときふらりと町にやってきて、地元の人たちから過去のことをきいて回っていた。ときには思い出すのも忌々しい、つらい記憶を穿《ほじ》り出すみたいにして、きいて回ることもあっただろう。資料館を作った順さんを周囲の住人がどう思っていたのか、末名子にもなんとなく想像できた。この島の悲劇の澱《おり》が固まり、ゴミ屋敷のようになって存在する資料館について、同じ町に暮らす人たちがどう思っているのか。ただ、未名子は子どものころから現在まで、このことについてあまり考えないようにしていた。

あのとき、警察官が順さんの資料館にやってきて、手伝いをしている未名子の姿を見つけた。その瞬間の彼の顔を、未名子は今でもはっきりと覚えている。

「ちょっと君、なにしてんのよ」

大きくはりあげられた言葉は、自分の存在を咎められ、糾弾されているように聞こえて、未名子の思考は一瞬でこわばった。まだ十代半ばくらいの小さな子どもがこんなところでいったいなにをしているのだろうか、と奇妙がられたときの、とんでもなくやましいところを見つかってしまったような、あの息苦しい気持ちがよみがえってくる。たしか、学校に行っていなかったことも含め、当時警察からは父親にも連絡が行っただろう。父親がそのときどう対応して解決し、未名子に話したかは覚えていない。その後も資料館には通っていたから、大ごとにはなっていなかったのだろう。

現在の駐在所にあのときと同じ警察官はいないけれど、どんな人がそこに駐在していようが、未名子が馬を連れていったら困惑するだろうし、場合によって、警察官はあからさまに迷惑顔をして見せるような気もした。

未名子は父の部屋のドアを開けたまま部屋を離れようとした。けれど、この嵐の中で部屋に馬を一頭だけにしておくことに気がひけてしまう。外はもうかなりの強風で、雨もぱらついてきているようだった。末名子は部屋の隅にある段ボール箱に腰をおろして、ひとまずは今晩だけ、ここでうとうとしながら座っていようと考えた。

「朝になって晴れて、黙ってどこか行ってはくれないだろうか」

末名子は馬の丸まった背中を見ながら、うっすらとあばらの見える不確定な茶色の塊に向かって、呪いにならないと自分が考える程度の音量でつぶやいた。

夜が明ける前、暗いうちからもう雨はやんでいた。末名子は、天気が悪くないことにほっとする。なるべく朝早く馬を連れて駐在所に届けに行こうと考えていた。今日は資料館に行こうとも思っていたので早く済ませてしまいたかったし、初めて馬を連れて歩くには、きっと人通りがない時間のほうがいい。車が怖いのはもちろん、こんな大きな生き物を連れてまわりの人にむやみにびっくりされるのも嫌だった。

馬は、末名子が押したりぽんぽんと叩くのにあわせてゆっくり動き、庭の生け垣の脇から家を出て、のそのそとではあったけれども末名子に体を押されるまま、道路を進んでいく。逃げたら逃げたでそのことだけを駐在所に伝えればいいやと考えていたが、馬は繋がれているわけでもないのに末名子が向かうとおりに、たまに立ちどまりながらも進んでいった。まだ朝日ものぼらない、昨夜の嵐によって木の枝や落ち葉、あらゆる町のどこかの破片が散らばった道を、駐在所の看板と赤いランプを目指して進む。他人といっしょに歩くこともめったにない未名子が、話で聞いたことがある程度にしか知らない宮古馬といっしょに、ふだん見慣れた道を歩いているのが、なんだか変な感じだった。大きな生き物が歩くときは、いろんな音がするものなのだと未名子は実感する。進んでいるあいだ、息の音や足音、毛のこすれる音が絶えず未名子のまわりに起こっていた。

駐在所には、見かけたことがあるかどうかあいまいな、未名子より十歳ほど年上の警察官がいた。夜勤の終わりのためか、なんとなくぼんやりした顔のまま、未名子と、その横にいる馬を見て、

「いやあ、なんねえ、これ、馬」

と、半ばねぼけた声をあげた。

「庭に迷いこんできたんです。飼い主が探しているんじゃないかと思って」

と未名子がいうと、警察官はまた、

「ええ、困ったあ……いつごろの話ね」

とたずねてくる。

「昨日の……、私が朝、起きたときはもういました。この前の台風とゆうべの台風の間で

す」

「いやあ、困ったなあ、もう。どうしようかね、前もっていってもらえばなんとかなったのによ……今ね？」

こっちだって急に、連絡もなくやってこられて困ったのに、と文句をいいたくなった未名子は、でも言葉にはせず、続けた。

「さすがに、こんなに人を嫌がらないのはどこかの家に飼われていたんじゃないかと思うんですけど」

「そうかもしれんけどね、こんなところに本物の馬がいるわけないよ」

本物の馬、というのが野生のちゃんとした馬のことを言っているのだとわかっていても、未名子は、じゃあこの目の前にいるのが偽物の馬だとでもいうのだろうか、と違和感を抱く。

「でも、手がかりとか、識別札みたいなものもないし」

「いやあ、犬だったら台風ではぐれて届け出があることもなくはないけどねえ、馬となったら見当がつかんさ。困ったよ」

困ったあ、なにを食べさせたらいいのか、どう繋いだらいいのか、いやあ困ったよと繰りかえしながら、それでも警察官は奥からロープを出してきて、馬の首にかけ、駐車場に繋いだ。未名子はその適当な繋ぎかたを見て不安になったけれど、馬のほうは暴れることもなく、じいっとそこに繋がれるまま、動かなかった。未名子は出された書類に名前と連絡先を書き、なにかあったら連絡しますからといわれて帰された。家に戻り洗濯機を回し、改めてシャワーを浴び終えると未名子はどっと疲れ、資料館に行くことをあきらめて眠ってしまった。

資料館を手放さなくてはならない、と途さんから連絡が入ったのは、双子台風がふたつとも去った四日後だった。昼前に資料館に向かうと途さんだけがいて、順さんはいなかった。

「ごめんなさいね。急に」

途さんは未名子の母と同じくらいの年代に生まれた女性だった。関西系のなまりは、イントネーションになんとなく明るさがにじんでいるといった程度に残っているもので、あまり目立たない。

「いえ、病院は大丈夫なんですか」

と未名子がきく。歯科医院は、たしか途さんひとりでやっているはずだった。

「数日お休みにできたから、大丈夫」

と途さんはこたえた。その言葉の感じで、ひょっとして順さんの体調になにか急な変化があったんじゃないかと未名子は推測して、それはそこそこ当たっていた。

資料館の建物は老朽化していて、順さんのほうはそれ以上にひどく老朽化していた。順さんは数日前、急な入院をする必要があったらしい。それはもう、良くなって家に戻れるという種類の入院ではないみたいだった。途さんは、今の状況では資料館を維持できないと考えているらしい。

途さんは明るくしていたけれど、やっぱりどこか憔悴《しょうすい》しているように見えた。末名子は毎日順さんのことをずっと見ていたので、近いうちにこういうことになるだろうと思っていたけれど、そのことを、今はいわないでおいた。

「工事はわりとすぐに始めることになると思うけど、細かく決まったら報告するから」

「そんな、お気づかいなく。こちらこそなんだか、お力になれなくて」

という末名子の手に、途さんは資料館の鍵を握らせた。

「たぶん私はここにあるすべてのものの価値が全然わからないから、なんでも持って行って。ここも短い間になってしまうけど、自由に使って」

といい残して、途さんは資料館を出ていった。

末名子は、唐突な宣告と、手のひらにある不慣れな鍵の手触りを交互に確認する。今まで、末名子が資料館に入るときにはいつも建物の扉は開いていて、中にはすでに順さんがいた。今、末名子は順さんのいない資料館で、いつもと同じに思える、でも、ほんのすこしちがう作業を始めた。

まず、手のひらにある資料館の鍵を、鞄から取り出した鍵束の中、家、スタジオ、物置、自転車の鍵がつながった小さい輪の中に加えた。未名子はもう一度鞄の中に手を入れ、ふたつの缶を取り出して、順さんが座っていた椅子の横にある棚に重ねて置く。

順さんはもともと余計なおしゃべりはしない人だったけれど、未名子がひとりでいる資料館は、ふたりでいるときとはまたちがう静けさがあった。あんなにただいるだけだった順さんがいないだけで、資料が全部黙りこんでしまっているみたいだった。

未名子はスマートフォンをかざして、ぐるぐる回りながら、資料館のあらゆる場所を撮影した。順さんのいつもの椅子に座って、そうして、立って歩きながら、すべての部屋で。

作業中に警察から電話があった。馬の失踪に関する届けは今のところどこからも出ていないので、ひとまず近くの自然公園の管理事務所に預けることにして、飼い主が現れるまでそこにいてもらうことになったという報告だった。未名子はずっと昔、小さいころにその公園に行ったことを思い出した。たしか公園内の一区画でアヒルだとかヤギみたいなものを飼っている広場がある。ふれあい牧場といった名前だったかも知れない。きっとあのあたりに繋がれているんだろう。きっとそこならば、餌もまともなものをもらうことができるはずだ、と未名子は安心する。

夕方になって、未名子は資料の抽斗の中に入っていた物をいくつか取りだし、鞄に入れると鍵を使って玄関から出た。また明日も来よう。ここで未名子はすることがたくさんある。

時間はない、急がないと。


電気店は、スタジオから思いのほか離れた場所にあった。モノレールで数駅、かつては商店街であったところらしい。店の外、入り口の横に屋根付きの原付スクーターが停められている。こんな場所からスタジオに、このスクーターで駆けつけていたんだ、と未名子は思う。決して小さな店ではなかったけれど、店の外には古い家電が山積みになっていて、店内は新品の、だけど型落ちの家電が詰まっていたので、実際よりずっと圧迫感があって、せまくるしく感じられる。開店しているのかも不明瞭なほどうす暗い店内に店主はいた。いつもスタジオで、ていねいにPCを直してくれる男にまちがいなかった。店主は未名子のことを最初ぴんとこないような様子で見て、それから未名子があのスタジオで働いている人間だと気がつくと、あきらかにおろおろし、困惑した表情に変わった。未名子が、

「私の働いているところのパソコンのことなんですけど」

ときりだすと、

「いや、じゃあ、壊れたならまた呼んでいただければ」

と、店の奥に入っていこうとした。

「ええと、そうじゃなくってデータを通信先に送ることはできますか」

とたずねると、

「そりゃあ、できないことはないけどさ……。映像も音声も送ってるんだし……ただ、回線がすごい特殊だから、時間はかかるけど」

店主はそう答えて、カウンターらしき場所に置いてあった古びたキャンパスノートを開き、ちぎったメモ帳になにかを走り書きして、未名子に差し出した。まるで未名子に脅されてでもいるように、怯えているのが明らかだった。急に訪れた未名子に戸惑っているのか、店主のほうも未名子にたずねてくる。

「でもさあ、あそこのデータは毎回、なくすんじゃないの」

スタジオでやりとりしていたときとまったくちがう、ちょっと乱暴で横柄にも思える店主の言葉づかいに、未名子はとまどう。

「はい、それは問題がないことを確認しています。こちらのデータを送るだけなので。あの場所で知りえた情報は一歩も外に出していません」

未名子はそう、ささやかな嘘をついた。解答者のプライバシーにかかわる情報はまったく持ち出していないとはいえ、実際のところ未名子は彼らとの対話の中で、ほんの些細な、お土産みたいな知識をいつも持ち帰っている。ただ、昨日から未名子が繰りかえし読んでいるカンベ主任からもらった業務マニュアルには、データをこちらから送ることを禁じる項目はなかった。

「あああああ、難儀!!」

とつぜん、店主は困惑した顔のままほとんど泣き声みたいな大声をあげた。父は物静かな人間で、だから末名子はこんなふうに、目の前で大人の男の人に感情的な大声でなにかをいわれた経験はなかったから、驚いて声も出せなかった。

「あんたのところ、はっきりいって変だよ。あんまり手伝いしたくない、関わったら大変なことになるだろうがよ」

店主は決めつけるように何度も、難儀だ、難儀だ、と繰りかえしわめいた。大人の男性で、力だって立場だって末名子より強いはずなのに、このときの彼は末名子の目から見ても怯えきっていて、世の中のなによりも弱々しい生き物みたいだった。

「別に直接困ったわけではないよ。ちゃんと金も貰っているから文句はいえない立場だけどねえ、あんなとこ、本当はもう行きたくないよ。入るたびに耳が痛くなるようになって、あんなに古いマシンもなにに使ってるかわからんし。通報しなくちゃいかんとは思わんけど、テレビなんか見てても、あのあたりでなにか起こったら、あんたんところがなにか起こしたんじゃないか、自分のせいじゃないかって心配になるからね。もうあいう変なところに行きたくない、行きたくねえよ」

　店主は新品のまま古びてしまった家電に埋め尽くされた、ほこりっぽく暗い店内でひとしきり未名子にまくしたてた。ぱっと見たところ穏やかで、頼んだことについても誠実にていねいに対応してくれていた店主は、スタジオと、そうして未名子自身について、ほんとうのところはずっと、とんでもなくうす気味悪いもののように思っていたんだろう。

「それは……主任、依頼者のカンベさんにいってください。東京の。私に決める権限はないんです」

　と未名子がいうと、顔をしかめて、東京、とつぶやき、もう一度、難儀だ、勘弁しろと吐き捨てて、それっきり店主はだまって、店の一層うす暗い奥のほうへ入っていってしまった。

　未名子は店の中のほうを向いたままで、後ろ歩きにじりじり下がりながら店の外に出た。うす暗い店内から外に出た瞬間、ふっと明るさで視界がぼやける。ちょっとずつ目が慣れてくると、入り口のまわりには、入ったときにも見えていた、おそらくどこかいろいろの家から引きあげてきた古い電気製品が積みあげられている。店の奥は暗くて、未名子の側から店主の姿は見えない。けれど、暗いところから明るいところは良く見えるかもしれない。未名子は警戒しながら、その積まれたもののうちからひとつ、クラッチバッグほどの大きさをしたなんとなく見覚えのある直方体の機械の、持ち手らしき部分を摑んで体を反転させ、走った。

店主はきっと、カンベ主任に対しては今のような苦情をいわないだろう。あんなふうに感情を爆発させてきたのは、うす暗い彼だけの電気店に、末名子がなにも考えていないふうな顔をしてふらりとやって来て、彼から無理やりなにかを聞きだそうとしたからかもしれない。店主はこの店では城主だし、国王だ。国民が自分ひとりだけだったとしても、いや、だからこそ末名子が領地にずかずか踏みこんで来たことに激しく動揺して、腹を立てたのかもしれない。そう思って理屈では納得することができても、面と向かっていわれたことで末名子はなんだか悔しくて、体がかすかに震えているのがわかった。スタジオであれだけきちんと対応してくれていた仕事上の相手が、そんなふうに自分や、自分のいる場所のことを悪しざまにいうのを聞いてしまったからだろうか。末名子の足どりは徐々に小走りの速さになり、早歩きになり、ふつうの歩きへと変わった。時間がたって電気店から離れれば離れるほど、末名子の胸は苦しくなっていった。

末名子は、資料館で今とよく似た、思いあたることがいくつかあったことを思い出す。子どものころの警察官だけじゃなかった。ひとりの市民として、完全に健全な形ではなかったかもしれないけれども生きて、働くようになってからはひとまず一定額の税金を納め買い物をし、人を傷つけず、社会の中でひときわ迷惑をかけているつもりはなかった、なのに。

未名子や順さんのような人間が、世の中のどこかになにかの知識をためたり、それらを整理しているということを、多くの人はどういうわけかひどく気味悪く思うらしいということに気がついたのは、あるときいきなりじゃなく、徐々にだった。

未名子は社会のほかの人たちに対して、とりたててなんの文句もいうことなく、ただ黙って資料の整理をし続けていただけだ。いや、もし未名子がなにか世の中のことについて文句をいっていたり、多少の迷惑をかけていたとしたって、それとは別に集めてきた知識がなんの非難にあたるというんだろう。人がなにかを集めること、自分の知らないところでためこまれた知識を警戒することは、ひょっとしたら本能なのかもしれない。無理やり聞きだすわけでもなく、ただ聞いて調べ記録していくことも、ある人たちにとってはとても卑怯で恐ろしいことに思えてしまうんだろうか。

順さんの資料館やカンベ主任がしつらえたスタジオは、ひょっとしたら多くの住人にとって魔女の館みたいに考えられているのかもしれない。未名子は黙って歩きながら、いつの間にか涙をこぼしていた。悔しさがどんどんつのった。そうして順さんのことを考えた。この、はっきりそれといい切れないくらいの理不尽に、今となったら順さんは、怒ることも悲しむこともできないのだ。

家に帰ると、未名子は電気店から持ち去った直方体の機械をリビングのテーブルに置いた。機械は横向きに持ち手のついたもので、おそらく裏側と思われる場所には電池を入れるくぼみと電源コードらしきものが伸びている。黒いコードは結束バンドでまとめられていて、先のコンセントプラグは錆びた色をしていて使えそうもない。未名子は家にあった単二電池を探して、新品ではあるけれど、いつのものかわからない包装を解いてセットし、その反対、表側に並ぶスイッチのうち、電源らしきものを入れる。

黒く四角いプラスチックの上部に赤いデジタルの『88:88』という表示が点滅した。デジタル表示の下には右側に多数の小さな穴が規則的な間隔で開いていた。たぶんこれはスピーカーだろうと未名子は思う。もう片方にある薄いグレイのプラスチック窓は、適当に押したいくつめかのボタンで、上部が傾くようにして開いた。そこまでは想像どおりだったけれど、意外なことに中にはすでに、なにかが入っている。資料館にあったものと同じ、プラスチックでできた薄い直方体の、細かい部品が組みあげられた軽い塊だった。中に入っていたカセットテープを引きだしてテーブルの端に置く。やっぱり、と未名子は確信する。

古い野ざらしの機械を盗んでくることには抵抗こそあったものの、けして罪悪感はわかなかった未名子は、機械の中に入っていたその古い記録メディアを見たとたん、なにかとても悪いことをしてしまっているのではないかという気分になった。入れたまま忘れられて、いっしょに捨てられてしまっていたとはいえ、だれかが記録して保存していた情報をそれと知らずに盗んでしまったからだろうか。

鞄の中に手を突っこんで、資料館から持ち出してきたいくつかのプラスチック箱を取りだす。箱は特殊な組み合わせになっていて、貝のように蝶番《ちょうつがい》からふたつに割れ、中からスライドさせて中身を取りだすことができる。まちがいない。さっき機械の中に入っていたものと、色こそちがえどまったく同じ造りのカセットテープだった。

この機械の詳細を未名子は初めて知る。けれど、インターネットの検索によってこれらの操作方法を理解することができた。この機械の原理はシンプルで、きっと使いかたがわからないなんてことはないはずだった。もしこの機械がすこしでも動く余地があるとしたなら。

プレーヤーに資料館のカセットテープを入れる。スマートフォンを操作して、テーブルのうえに、注意深くプレーヤーに近づけて置く。マイクのマークとレベルメーターが表示されている液晶を確認しながら、次にプレーヤーのほうの『再生』と小さく印刷されたスイッチを、ガチリと音がするまで深く押しこんだ。

なんども電話をつなぎかけては迷ってを繰りかえしたのに、仕事を辞めたいと未名子がカンベ主任へ注意深く伝えたとき、カンベ主任は拍子ぬけするほどあっさりと未名子の希望を受け入れた。未名子がそこまで考えずにいった、「今月いっぱいで」という言葉にも、次が見つかるまでとか、引継ぎが終わるまでとかいう条件も提示してこなかったし、辞める理由を聞いてきたり、取ってつけたように未名子のこれからを心配したり——未名子のほうでは、短い間であれば生活の心配はないくらいには貯えがあるのだといういいわけを用意していたけれど——残念がるような態度で話しかけてくることもなかった。

未名子は、そういうカンベ主任をやはりとても好ましいと思った。そうしてもう、今後こういう誠実な人がいる特殊な仕事には就けないかもしれない、そうなったら今みたいに生きていけるんだろうかと不安になる。未名子が電話口で黙っていると、

「ただ、これをいってあなたの人生に差しさわりになったら申し訳ないので、一度しかいいませんが、そうして、実際、この言葉があなたの気にさわったら謝罪しますが」

と前置きして、カンベ主任は未名子につづけた。

「あなたはこの仕事にとっても向いていると思っています」

「孤独だからですか」

カンベさんは数秒の間をおいて、軽く笑ったようだった。

「いえ、いえ。孤独だからなんていう要素が理由になる仕事は、厳密には世の中にはありません」

未名子は、自分がこの仕事に就いた一番の理由を否定されたような気持ちになって、おどろいた。

「じゃあなんで、私がこの仕事に向いていると思えたのですか」

「……しいていえば、様子のおかしいことを、きちんとおかしいと判断しながら、それでもしっかり受け止めて恐れない人だと思えるからですかね。ここだけの話ですけど、解答者からの評価もとても高かったんです」

「私もとても楽しかったです」

未名子はこたえた。おべっかかもしれないと思いながらも、未名子は胸に光がともる。

「ですから、またタイミングが合うなら……別のところでもこの仕事に就くとうまくいくのではないかと思います」

「こんな変わった仕事を？」

「はい、実はあちこちにありますよ」

「こんな北極海でのどんぐり探しみたいな仕事、あまりすぐ見つかるようには思えませんけど」

未名子がいうと、笑い声が聞こえた。未名子は面接のときにカンベ主任の遠慮がちな笑顔を見ただけで、こんなふうに笑い声を聞くのは初めてだった。初めて聞くカンベ主任の笑い声は、息を吸って小刻みに声を出すような、ちょっと変わった、人によっては下品だと感じられるような、意外な笑いかただった。

結局未名子は今月いっぱいで、とても気に入っているこの仕事を辞めることになった。

出題と解答が終わって雑談の時間、未名子が仕事を辞めるという話をしたとき、ヴァンダは、

「なるほど、そうですか」

と受け答えの語尾にかすかにさみしさをにじませるだけで、そのあとはほとんどいつもと同じ調子で未名子とやりとりをした。彼らはひょっとしたら今までにも多くの、こういった出題者との別れを経験していて、大きく悲しむことを避ける文化があるのかもしれない。

「それで、ひとつお願いがあるんです」

未名子は、慎重に話をきりだした。

「こちらからデータを送りたいんです」

「私のところにですか」

ヴァンダはかるく身をのり出してたずねる。

「はい。そちらに保存しておいてほしいと思っています」

未名子は慎重に、このデータが危険なものでないこと、そちらにあっても困るようなものではなく、どこに漏洩しても、コピーされてばらまかれても問題ないものだと伝えた。

「どんなものですか」

「届いたら、見てもらってもまったく問題ないものばかりです。それほど楽しいという種類のものではないんですが、時間つぶしにでも見てください」

といってから、続けた。

「私の住んでいる島の、アーカイブです」

ヴァンダは、問題をきくときによく見せる表情になった。目に好奇心の光がさす。しばらく画面から離れ、また現れる。

「その容量なら、最近使っていない実験試料や結果の情報を保存するための予備メモリをほんのちょっと開けば大丈夫そうです」

「大事な場所ですか。それなら遠慮しますが」

と未名子がいうのに、ヴァンダは肩をかるく上げて、

「今はこの中で公的な実験をすることは禁じられています」

と答えてから、

「実験できないから暇でしかたなくて。時間つぶしは大歓迎です」

と笑った。

送信には、未名子が思ったよりもずっと時間がかかった。メーターが増えるのんびりした速度に合わせて、なにかをもてあますみたいにして、

「時間つぶしのついでに雑談に付きあってください。もう最後ですしね」

と、画面上のヴァンダは、未名子に話を始めた。


私の生まれた国はとても小さく、資産も軍事力もありませんでした。ただまあ、おしなべて人は幸せでしたし、その理由というのも、まじめな人間が多かったためだったのだと思います。あれはおそらく、早いうちから基礎的な人格教育にも力を入れていたからだと私は考えています。

今となれば、それさえもうまく行かなかった要素に思えてしまいますが。

私がまだ少年だったころ、大変に優秀な人物が祖国のトップ、元首に就任しました。とはいっても前任とは直系の血族で、同じ種類の教育を受けていたところを見ると、元々は前任も優秀ではあったんでしょうね。ようは、世の中のかくあるタイミングであったのだ、ということです。

彼は、前任者以上に国民の教育にいっそう力を入れました。たとえ資源もなく国土も小さ

い、弱い祖国が崩れ去ってしまって国民がばらばらにされても、個人の知識さえあればきっと困らない。ひとりひとり別の国の中にもぐりこんでも、奪われようのない財産を頭の中に抱えて生きていこう、という狙いからの教育だったんです。

でも結局のところ、これは国自体を強くする大事な力になりました。教育が効果を発揮するのはちょっと時間がかかりますから、これは彼の一族の、息長い努力による功績です。私たち、とても幸運な子どもは、希望すればどんな種類の教育も受けることができました。あるものは科学に、あるものは音楽に。基礎的な教育は、どの専門に進む前にも後にも、充分に行われました。

こうなると自然に、元首以外の為政者も優秀な者たちがそろいました。祖国は巧いこと立ち回りながら、国の形を保ちつつ、ときに小さく、ときに透明になり、金のない、ほとんど武器を持たない丸腰の国であることさえアピールポイントにすり替えて、発展し過ぎず困窮し過ぎず、ほんとうにゆっくり、ゆっくりと豊かになっていったんです。……コーヒーの香りが私の子どものころよりかすかに芳醇になる。ボールペンの芯が掠れにくくなる。……今そうやって思い返して、やっと気がつくくらいのスピードで。

そのあとかるく意地悪そうに笑ってからヴァンダは、

「ニホンとはちがって」
と皮肉をいった。

国民のうちでも、さらに努力を重ねて試験や審査に通ったものは、近隣の大きな国に送り出されて活躍することができました。成長途中の青年期ともいえる私たちの国は、教育に手をかけ子どもに目を行き届かせて、個人の能力以上の才能の指向を見極めることができたのだと思います。若く優秀な元首のおかげで優秀な人材を送り出し、大国は人材を得ることでいっそう私たちの小さな国に敬意を払ってくれるようになりました。私たちにとっても、大国で活躍することは大きな誇りでした。自国では到底用意されることのない研究設備、優れた研究チーム、充分な補助。許された生活すべてが輝かしいものでした。がんばったぶんだけ豊かな知識と物理的な環境が整えられました。自分の育った国には感謝しかありません。

「そうしてヴァンダは宇宙へ?」
未名子がいう。ヴァンダは頷き、続けた。

大国の数人と、そうしていくつかの、別々の小さな国から選ばれた数人でチームが組まれ

ました。祖国の人間は私しかいませんでしたが、みなずっと研究を続けていた仲間で、とても希望に満ち溢れていて――、

モニター越しでも、未名子には彼の声がほんのわずかふるえているのがわかった。悲しいときは、今ある悲劇に浸るより、かつて在った幸せなときを思うほうが涙がこぼれるというのは本当なのかもしれないと未名子は思う。すくなくとも、今、彼はひとりぼっちなのだ。なにが起こったのか、未名子に考えられる、いろんなパターンの想像が、すべてろくでもないものだった。ヴァンダはさっきよりずっとゆっくりとした話しかたに変えながら続けた。

祖国の中の、一部の人たちがクーデターを起こしたんです。とても急でした。ただ、私がこれを急だと感じたのは、私が祖国の外の、希望の光があふれている場所にいすぎて、かすかに見える、祖国の影に気がつけなかっただけだったのだとも思っています。薄情者、と罵られてもしかたがないくらいに。

優秀な元首は命を落とし、まわりの優秀な者たちも姿を消し、近隣の国とは国交が断絶しました。地球にいたチームはみな力を尽くしてくれましたが、祖国の新しい元首は今でも、私が宇宙から戻るための手続きに応じていません。戻った私が祖国に帰ってこないと思って

いるのかもしれませんし、そうなってしまえば、この状態で大国がすんなり私を祖国に戻すとも思えなかったんでしょう。海外にちらばった祖国の者たちはみんな、家族を人質に取られている者以外は、まるで国がなくなったみたいな態度をとっていたからです。もちろん、私もそういうふうにふるまうことになるだろうと思いました……私は祖国に家族がいなかったからです。

仲間は、地球に帰るときに私を順番に抱きしめながら泣いて、私が安全に帰ってこられる状況を整えておくからと約束してくれました。

私はそれを半ば他人ごとのように聞きながら、もうそれで充分だと思ったんです。祖国に私の居場所はなく、どこにいても私には危険があるのだとしたら、宇宙が一番美しく、また安全でさえあるんではないかと、今も考えています。

ヴァンダの笑顔は、諦念なのかもしれなかった。

「私は、この、国境がない場所で、力によって人を傷つけようと勢いよく拳を突き出せば、自分のほうが反対方向へすっ飛んで行ってしまうような、重力に由来した強さの関係性をまったく意味のないものにしてしまう、そんなこの場所が気に入っています。そりゃあ、ひとりで退屈ではありますし、たまに寂しさと心細さに押しつぶされそうになりますが、そんなことは、どの世界のどのような人にも起こりうる」

データ送信のメーターが１００をさし、終了のポップアップが表示された。画面上のヴァンダの目線の動きを見て、むこうのモニターにも同じような変化が訪れたのがわかった。

「じゃあこの子たちを預かりますね」

ヴァンダはいいまちがえただけかもしれないし、もしくはこちら側の聞きちがいだったのかもしれない。ただ、ヴァンダが未名子の情報のことを、自分たちの子どものようにいったことにおどろいて、

「よろしくお願いします。ありがとうございました。楽しかったです」

と未名子は、通りいっぺんの返事をしてしまった。

「このデータがある限り、あなたとはお別れというわけではありませんしね」

ヴァンダの言葉を聞いてから、

「あの」

と、未名子が声を上ずらせながらいう言葉に、ヴァンダは耳を貸す。未名子は息を小さくついて、続けた。

「これは、問題というような問題でもなく、正解というようなものもあるようなないようなものですけど……」

「最後のおまけですね、あなたからの。聞きましょうか」

未名子はほっと安堵した後に、

『にくじゃが』『まよう』『からし』

と、はっきり、時間をかけていう。ふたつ目を聞いている途中くらいからヴァンダはいつもの好奇心にあふれた表情になって、その手元が動いているのがわかる。メモを取っているのだろう。未名子はいい終えてしばらく、彼がメモを終えて顔をあげ、口がふたたび動くのを待つ。

「では、またいつか」

ヴァンダの言葉を最後にして、通信が切れた。カンベ主任のときと同じような、明るくて、とてつもなくあっけない交信の最後だった。


ポーラにいたっては、ヴァンダよりもさらにいっそうあっさりと、その門出をかえって喜ぶほどの態度で未名子との別れを受け入れた。ヴァンダと同じように、彼女も別れにはネガティブさを感じていないのかもしれない。それに加えて彼女は、ひとりぼっちでいろいろな場所に移動したり旅立つことを、福音だとさえ考えているらしかった。

データを保存してほしい、という未名子の依頼を、まるでちょっとしたお使いのメモを手渡されたみたいにしてふたつ返事で受けたポーラの居場所には、データを置く余裕がふんだんにあるようだった。

「この場所にはわたしというひとりの人間と、大量のデータしかない。わたしはデータの番人だから」

そんなふうに笑う孤独なポーラは、未名子の目には、自分と似たところがあるなんて簡単に思ってしまうのもおこがましいくらい美しく映った。

未名子との今までのやりとりでも、ポーラは人との会話で楽しさを表現するのが今ひとつ得意でない種類の人間のように思われた。ただ、なぜか今日はとても饒舌《じょうぜつ》だった。データの送信が完了するまでの間、ポーラは未名子にとてもたくさん自分のことを話して聞かせてきた。未名子は、こんなポーラのしゃべりかたを見たことはなかった。早口で、相手に、つまりこの場合未名子に、限られた時間でなるべく多くの自分の情報を伝えるために必死でもあるように聞こえた。


わたしの国はわりと豊かで、その中でも、わたしの一族はとても財力があるほうだったんだと思う。祖父母は若干保守的だったけれど長命で穏やかで、父や母は都市の中で充分な権力と財産を持っていて、だから兄弟はみな希望に満ちていた。そんな中、わたしひとりだけがどういうわけか、ひどく自閉的で、悲観的だった。一族のだれにも顕れないネガティブな感情がひとりに結晶して生まれてきてしまったようだった。育てられかたにとくべつな問題があったわけではないと思う。だって兄弟とまったく同じように扱ってもらっていたし、だから、たぶん、奇跡的に、絶望的にそれがわたしに合わなかっただけ。

しかもわたしは、こんな家族の中にあって、見た目だけじゃなく心もあまり美しくなかった。卑屈で嫉妬深くて、慈悲の心、やさしさみたいなものもあんまり持っていなかった。だから、一族に対する周囲のたとえばちょっとしたやっかみのような感情が、いちばん弱く、あまり良くない人間であるわたしに集中してしまうことがあった。

世の中の多くの人は、普通の人たちが持っている程度のいじわるな部分、ちょっとした嫉妬や悪態を、その美しい一族の中の、あまり美しくないひとりだからという理由で、許されないと考えているようだった。これは一見不公平なようで、でも多くの人が自然とそう考えている。財産もちなのにそんなふうに卑屈になるなんて贅沢だ、影響力のある人がそういう言葉づかいをしてはいけない、というような感じで。わたしの言葉ひとつ、行動ひとつを親のように叱ってくる人がいて、その人たちはもっと卑屈なことをしていても、とがめられていなかった。でも、怒られる理由はたしかに当然のことではあったから、ただただ打たれていた。持ちえる者は強者で、その覚悟が、一族の中でわたしにだけ備わっていなかったのかもしれない。

家族はそのことに気づくと、そのたびに静かに怒り、悲しんでくれ、わたしに謝罪までし、全力で守ってくれたけれど、そのいっぽうでその美しいありかたによけい悲しくなって、いっそのこと不満をぶつけられているのを見て見ぬふりをして気づかないでいてくれればいいのにと思ってしまっていた。

わたしは十代の最初のころにはすでに、この優れた美しい家族から逃げ出すことばかりを考えていた。家族のことは大好きだったけれど。

わたしは家族とはなれてひとりになることを隠れた目標にして、世の中のすべてのことを懸命に学んで、寮のある科学アカデミーに、他の人が入るよりずっと早い年齢で合格した。


いつもよりずっと長く話して、ポーラの頬は上気していた。

「皮肉なことに、でも結局のところ、わたしは生まれた国や家族の力、お金とか、環境とかがあったからこそ、好きなことに集中して存分に勉強ができていたんだと思う」

未名子は、ポーラの美しい家族のことを想像した。椅子に座った祖父母を囲んで、父、母、兄弟姉妹。額縁で飾られた、血族の肖像画のような家族の証明。そこまで思い浮かべた後、ふと未名子は自分自身にはそういう肖像写真がなかったんじゃないだろうかと気づく。未名子が生まれてすぐに命を落とした母親とはもちろんのこと、父といっしょの写真もおそらくほとんど残っていない。肖像のない家族、証明として記録されていない自分自身の血族。未名子はポーラの話に、ふたたび耳を傾ける。

子どものころ、自転車を貸してもらったことを覚えている。貸してくれたリノさんはとても親切ないい人で、みんながいうほど軽率な人なんかじゃなかった。だから今でもとても申し訳なく思う。わたしはそのとき、自転車がうれしくてふつうの人が考えられないくらい遠くまで行ってしまった。川沿いを進んだから、道に迷ったということはなかったけど、あまりに遠くまで進んだから、帰ることができないところまで来てしまった。わたしはそのとき生まれて初めて、家族がどれだけわたしの名前を叫んでも聞こえない場所で眠った。ひとりの眠りの安らかさを、あのときわたしは初めて知った。疲れていたせいもあるかもしれないけれど、あれはとても豊かな、一度のまばたきの間に何時間も経ってすっかり太陽が昇っていたという、魔法みたいな深い眠りだった。

わたしはその日の昼には、必死に捜していた家族たちの声によって集まってきた人たちのうちのひとりに見つけられた。わたしを見つけたその女性にもやっぱり、そんなに恵まれているのに、あなたはいったいなにが不満で、どこへ逃げたいの、といわれたけれど、かけつけてきた家族はただただ泣いて、わたしの無事をよろこんだ。

後できいたら、その日はわたしが眠っていた町でお祭りがあったらしい。そんなことなんてまったく知らなかったけれど、わたしはお祭りに行きたいがために自転車に乗っていってしまったんだろうということにされていた。わたしのような子どもならば、お祭りに魅せられて当然だと考えて疑わないところも、彼らしい健全さだと思えた。翌年から家族は毎年みんなでお祭りに行くようになって、そのうえわたしには新しい自転車が買い与えられた。わたしは自転車にまったく乗ることなく、自転車はさびてあっという間に庭の土や木々に溶けて姿を消してしまった。それからわたしは、いよいよこの家族のもとから逃げなければと思うようになった。きっとどんなことがあっても、彼らは変わらずわたしを愛していて、どんなに遠くまで自転車を漕いでも、彼らは喉から血が出るまでわたしの名前を呼んで捜し、見つけたら涙を流して皆で抱きすくめるんだろうと想像がついてしまったから。

彼らにはまったく悪意がなく、あるのは深い家族愛だけだった。ただ、わたしだって、彼らを愛している。今でももちろん。なのに、そのとき確かにわたしの心には絶望だけがあった。深い、深い絶望。ここから逃げおおせるなんて、いっこうに無理だという絶望。

今、わたしの生活には鏡がない。もともと鏡を見なければいけないという人間の社会のしくみが嫌でしかたなかった。わたしの姿に潜む一族の血にうんざりさせられることがない、そのことがわたしの心をとても安らかにした。あの健康的でなんの問題もない一族の姿、それはわたしにとってまちがいなく呪いだった。

今、姿を映し出す水面はわたしの頭のはるか上にある。だからどんな姿をしているかも忘れてしまっている。今のわたしにとってはあなたの顔のほうが、よっぽど身近なんだと思う。

極地の深海にももちろんたくさんの生き物がいるから、孤独じゃない。ふれあいのない、疎通しあえない関係の生き物しかまわりにいないとしても、本来的にわたしたちはひとりひとりすべてわかり合えない者同士なのだから、さほど問題はないよ。


ポーラは笑った。

「家族と会いたいと思うことはない。でも何度もいうけれど、もちろん家族のことは嫌いでもなんでもなくて、幸せを心から祈っている。むしろ離れて暮らして、彼らのことは大事だ、といっそう思うようになった。ただ、何度もいうと嘘っぽいかも知れないね」

やっぱり美しいな、と未名子は感じて、でも結局最後まで、私はあなたを美しいと思っていいます、と伝えることができないまま、データ送信が完了したのを確認してから、

「すみません、あの、いつものとすこしちがう問題をひとつだけ、出させてください」

といって、ヴァンダのときと同じ『みっつの言葉』を伝えたあと、未名子とポーラは簡単

な別れのあいさつをして通信を閉じた。

「まつ毛の長い馬は、嚙む癖がある」

ギバノは未名子の見せる宮古馬の画像を切ない顔で眺めながら、口から垂れ流すように、自分の頭の中にある動物に関する知識を言葉にしている。きっと、心の底から動物が好きなのだ。戦場にいる清潔なビジネスマンという姿と、野生動物に詳しいという要素のちぐはぐさは、彼の人生のかけがえのない財産で、魅力だと思える。未名子は反論にきこえないように注意しながら、

「でも、嚙まれなかったです。ものすごくおとなしい馬で」

とこたえた。ギバノは泣きそうな笑顔のまま未名子の言葉をきき、それから細切れに自分のことを話し始めた。

「シェルターで暮らすのは、僕だけでない。ただ、僕の家族でない、仲間でない。だから僕はここでひとりと同じ。いや、ひとりより、もっとひとり。さみしいより、ずっと危険」

シェルターは仕事のために入っている。これは本当のこと。ただ、もっと詳しくは、僕は、すこし厄介な人たちの人質。

彼らと僕の持った言葉は同じもので、ただ、考え方はまったく反対側のものを持っている。だから、会話ができない。僕が彼らの言葉を聞くことはつらく、たぶん、彼らが僕と話をすることも、つらい。

彼らは、逃げる手伝いをしない、力のない人たちと僕が話をするのを、許した。僕の生まれた国の人たちとは許されていない。同じ言葉を持って戦う、強い人たちとは話ができない。日本でなくても、どこでもよかった。ただ、強くなく、大きくなく、お金がなく、人の強さが大事でない国のうちのどこか。日本の人は武器を持たない、軍隊を持たない。SNSで大きな声で助けてと叫んでも、僕は助かることができない、その場合、彼らは問題ない。

時間がたくさんあった。僕は、日本語を持つために勉強をした。彼らとちがう、彼らから遠い言葉と考え方を持つ人と話したかった。笑いたかった。君のほか、誰でもよかった。この通信は、僕が選んだ、たまたまの、ランダムな一本。

ただ、今、僕にはとてもとても大切な鎖。

安心してほしい。彼らは君に興味がない。知ろうとしない。彼らにとっていいことなのか……いや、いいことじゃない。彼らは日本がどんな国か知らない。自分と関係ない文化はいらない。僕は今、逃げない。逃げるともっと危険、戦場の中心。危険なところで、彼らが僕を守る。彼らは僕を安全なシェルターで守って、食べ物と、薬と、すこしの運動、たまにドクターが来る。彼らは僕を健康にしている。たぶん、軍隊のリーダーどうし、約束をして、僕は彼らといっしょにいる。僕が健康で生きてる約束を守る。僕は、ここに、健康でいることが大切。

彼らはシリアスな考えと、無邪気な考えをいっしょに持っている。僕より若くて、中身はもっと子どもみたい。彼らで決めた約束とか、正しいことには、とても、とても忠実だった。それがこの国の人たちの考えかた。ひどい戦いの中で、狂わないで暮らす生きかた。

僕は戦地でビジネスを持つずっと前……正しくいえば、生まれたときから、戦場の人間だった。家族はほとんど軍人、他の人は戦争の写真を撮って売る、かしこい人は文章を書いて売る。戦争が生活の方法で、みんなの生きる芯だった。愛、正義、成功、家族、すべてに戦争が混ざって、相手をやっつけるシステムがもともとあった。

僕の一族は豊かだった。自由に勉強ができた。戦争に勝つための勉強。妹は女だから勉強は自由でなく、家の中で生活した。豊かな家の子どもは勉強して軍隊に行く、貧しい家の子どもはそのまま銃を持った。豊かな家の女は家の中で、貧しい家の女は……言いたくない。

僕は自分の国を悲しい場所と考えて、戦場とはなれたところで暮らして、仕事をはじめた。戦場の人間とちがう服を着て、毎日ひげをそって、シャワーを浴びた。仕事は成功した。動物に乗ったことも、動物を殺して食べたこともないふりをした。清潔なところで生まれて、死んだ人も動物も見たことない、きれいな人たちといっしょに暮らしていた。

でも、世界中で、戦争と関係ないポーズで生きるのは無理だった。経済、政治、文学、生き物の研究も、全部に戦争が関係する。戦争の役に立つかが、大切になった。僕は、長い長い殺し合いで、進化した一番あたらしい人間だ。今生きているのは、親の親の親が人や動物をたくさん殺したから。僕は殺したほうの子ども。戦うことが好きな、強い生き物が残って、殺すより死ぬほうを選ぶ生き物は、消えた。

だれかが声を出して、みんな、ぜんぶ武器を捨てる……としても、武器の代わりにほかのものを使って戦い始める。金とか、情報……『ペンは剣よりも強し』は、強いか、弱いか、力を持っているか、持っていないかがすべてという意味。

僕の弟はカメラを抱いて死んだ。彼の妻と小さい娘は……肉の、肉……。


とぎれとぎれな涙声の話をききながら未名子は、ちょっとなにかのはずみがあれば、ここで叫びだしてしまいそうだった。このスタジオは防音がしっかりしていて、生きてきて初めての、明確に意思のある叫び声をあげるにはうってつけだった。ギバノのことを正視できず、ギバノの映る画面の端、床の一角に見える美しい敷物の柄を見ていた。いつも見えていることれが、彼の同居人たちによる礼拝用のものだということに未名子が気づいたのはいつぐらいだっただろう。シェルターは人を守る隠れ家で、同時に祈りの場所でもあるらしい。

ちょうどテラブガマのような、と未名子は思う。

とギバノにきかれ、とっさに未名子は、

「その馬、名前は」

「ヒコーキ」

と、口をついて答えた。

ヒコーキというのは順さんに教わった、ちょっと昔に沖縄にいた名馬の名前だった。未名子はこの瞬間まで、あの馬のことをヒコーキと呼んだことはなかったけれど、未名子がギバノに答えた瞬間、あの馬はまちがいなく未名子にとってヒコーキになった。

「ヒコーキを、ぜったい逃がしちゃだめ。馬は財産だし、たぶん、家族。自分の力で手に入れる家族」

未名子は、もう馬は警察に引き渡してしまって、自分の手元にはいないのだということはいわずにいた。戦地のギバノからの、おそらく自分に対して最後の大切なメッセージだった。これに、自分の生活に馬という生き物は必要ないのだという意味の返答をする気にはとてもなれなかった。

最後、データが送られきる直前に、未名子は告げる。

「おまけの、みっつの言葉だけ、伝えさせてください。答えはいつか、またのときに――」

末名子はヒコーキのいなくなった家の中で、ギバノに教わったことをていねいに頭の中で、なんどもなんども繰り返す。

まつ毛の長い馬は噛む癖がある。

小さな馬は全力で走るのに向いていない。

逃げた馬が選ぶ隠れ場所とは？

馬を落ちつかせたまま捕まえる最適な方法。

それらはすべて、末名子の読み上げたクイズの正確な答えとして受け取ったものではないけれど、ギバノの人生で得たらしき、美しい模範解答だ。

つらつら思いめぐらしていた末名子の思考をとぎれさせたのはドアのチャイムだった。玄関を開けると、いつもの不機嫌そうな配達員が立っている。末名子がいつもと変わらない、決まった大きさの箱を受けとろうとしたとき配達員は、

「いつもよりだいぶ重いんで、気をつけてください」

と早口でつぶやいた。

いつも無言で荷物の受け渡しをしていた配達員が、実際は毎回自分と同じ体験を共有して

いる自覚があったのだということに未名子はおどろいて、それから自分が買ったものの中身がいつもとずいぶんちがうものだったと思い出した。箱を抱えてリビングに戻り、同じ手順で開封する。中に入っている物は、ロープ、ワイヤーカッター、馬のマークのついたプラスチックボトル、小さなウェブカメラ、そうして黒い縁のメガネ。すべてが箱の底板に、真空パックみたいにして圧着されているのは、いつも通りだったけれど。

商品を注文したのは未名子自身だった。けれど、これらは自分や、順さんや、資料館にあるすべてのものや、ほかのいろいろな自分のまわりのできごと、優れた解答者たちとその助言、大きな招かれざる珍客などが複雑に混ざりあい、組みあわされて注文に至り、届いた、偶然の贈り物だった。

それから未名子はしばらくの時間を費やして、慎重に計画を立てる。そういった企みに詳しくない未名子の思い描く計画は少々不安定だったが、未名子は、問題を読んでいるあいだに、そうして知識のある人たちと雑談をしているあいだに、資料館の情報を整理しているあいだに、いつの間にかほんのわずかずつ、平穏に生きるために直接は必要がない若干の知識を身につけていた。ごく原始的な錠前のしくみや開け方だとか、足音を響かせない歩き方、防犯カメラの種類と撮影範囲や死角。未名子は自分が現在立たされている状況と、それを打破するための作戦を真剣に考えはじめている。このときのために、きっと自分は消費カロリーの低い毎日を繰りかえして、ルーティンから変化するための体力と気力を徐々に蓄えてきたのだ。

あのプレーヤーに元々入っていたカセットテープは、まだ捨てることも、再生させることもできずにテーブルの隅に置かれたままになっている。


琉球競馬《ンマハラセー》というものは、速さではなく美しさを競っていたという。これに類する日本のほかの地方競馬はなくて、おそらくは琉球独自のものだったとされている。馬場《ンマウィー》の長さが二百メートルそこそこと短く、また地産の小柄な馬が走る。速度という際限がないものを極めると馬自身だけではなく周囲の観客への危険も上がるため、『駆足禁止《カキバイ》』と制度で明確に禁止していたのが資料にも残されている。

並足《イシバイ》や跳び足《トントンバイ》などを駆使してスピードではなく美しさを競う馬勝負《ンマスーブ》は、琉球王朝の士族のたしなみから始まっている。のちに琉球処分によって士族の身分を追われたものが、沖縄各地域の富農に召し抱えられて各地の馬場が栄えた。

世の中の祭りを全部集めたような賑わいの琉球競馬はとても栄えていたにもかかわらず、そこには外からの金銭がほとんど関わっていない。賞金はなく、賞品にしても名誉の布を馬に掛けるといった程度のものだった。観客としてもごくまれに酒の一杯でも賭けあうことがあったかもしれないが、現在日本で公営ギャンブルとされるような競馬とはまったく別のものだったらしい。競馬用の馬を持つのは王朝の人間あるいは豊かな農家の特権で、自分たちの豊かさの披露でもあった。大衆は集まって華やかさを眺め、酒を飲んで食べものの出店を楽しんだ。子どもは馬に集まり、女はめかしこんでやってくる。今でいう競馬よりも、モーターショーなどの類に近いものだったのだろう。

それだけ島内で栄え、定期的に行なわれていた琉球競馬は、なのに、昭和に入る前後で徐々に衰退し、太平洋戦争の末期、沖縄戦を境にして途絶えてから先、現在ではほぼその姿を消している。馬場もわずかに跡が残っているくらいだった。覚えている年配者もすっかり減り、資料が充分に残っているとはいえない状況になっている。貴重な軍事的資料さえ焼きはらわれてしまったようなこの島で、娯楽の資料ともなると人にたずねて集める以外の方法には期待しようがなかった。そのうえ生きるに必要なことさえままならない中では、守らなければならない歴史や文化情報の価値など薄れていくいっぽうだった。

競馬を終わらせた原因は戦争だけじゃなかった。島の外の人たち、例えば当時であれば日本政府やGHQがこの風俗を嫌ったのでも、また自分たちで外聞を気にしたわけでも——まったく無関係とはいえないけれど——なかった。

一番の理由はシンプルで、飢饉だった。

当時沖縄の持っていた豊かさは農業によるものが主体であって、凶作はその力を根こそぎ奪ってしまった。換金能力の高いサトウキビの単一栽培は、大規模な凶作には非常にもろかった。それに、日本政府は当時、統治下においたばかりの、労働力も安い台湾でのサトウキビ生産を奨励していた。

沖縄でのサトウキビ農業が立ち行かなくなっていた時期に、島内の広範囲で豚がコレラを発症し、公衆衛生の観点から、公道で動物を扱うことに制限がかけられた。農家は多少の使役には耐えるが食糧になりにくく、世話に手のかかる贅沢な競馬用の馬を飼うことができなくなった。美しい走り方を勝負の肝にする馬は、小柄で足首が細く、大きな荷物を積むのにも向いていない。軍備の増強を進める中で、島の小ぶりな馬を交配によって大型化する政策も推し進められた。この時期は在来の馬の断種、大型改良化の方向に強くかじ取りがされた。

沖縄をはじめとした南西諸島の各地には、『ソテツ地獄』と呼ばれる経済恐慌で大規模な飢饉がたびたび起こっている。毒性が強くて加工に手間のかかるソテツの実のでんぷんしか手に入らず、加工に不備がある粗悪なものによって、食中毒を起こし何人もが死んだ。沖縄の住民は、いくどか訪れたソテツ地獄のたびに、国内だけでなく世界の各都市へ仕事を得るため移住している。世界の日系移民に沖縄姓が多いのもそれが主な理由だった。みんな、絶望から逃げるみたいにして船に乗った。

馬勝負という華やかな文化がなくなる。そういうささやかな悲劇が起こるための原因はいくつも重なっていて、同じように飢饉ひとつにしても、そこには深刻化するためのたくさんのファクターがある。それらの要因はでも、当時は細かく範囲もひろかったので、紐づけて考えられてはいなかっただろう。事実として記録し続けていれば、やがてどこかで補助線が引かれ、関係ない要素同士であっても思いがけぬふうにつながっていくのかもしれない。だから、守られなくちゃいけない。命と引き換えにして引き継ぐ、のではなく、長生きして守る。記録された情報はいつか命を守るかもしれないから。

末名子は試しに掛けていたメガネのこすれた鼻の根をつまんで押さえながら、そう考えていた。

嵐が去ったあとは、雨雲も雷が生まれるための積乱雲もすべて吹き飛ばされてしまうので、吹く風はさらりとしている。台風は近づいてくることを予測しやすく、またほかの些細な天候に関係する要素をひとまとめにして打ち消す力があるので、気象予測の発達した今では、さまざまな生活の計画が立てやすい。そのうえ雲がすくなく月のない夜だった。月も、天気とちがって予測に狂いがなくて計算が簡単だった。公園の裏手、どの通りからも見通しがきかない一角に末名子は大きな台車を置いた。道端に置かれた台車は、自動車や自転車とはちがって、鍵だとかハザードがなくても誰かが作業の合間にほんのすこし留め置いているのだろうと誰もが思いこむような、堂々とした佇まいでそこにある。洗面器、ワイヤーカッター、ロープ、馬のマークのボトル、ウェブカメラ、そうしてブルーシート。足りないものはないけれど、念のためにという余計なものも持ち合わせていなかった。もし思いもよらないことに巻きこまれるようなことがあったら、こんな心許ない道具ではなんともなりそうにない。彼らのような知識があるならともかく、と未名子は、ヴァンダやギバノ、ポーラのことを想う。今は神なんかに祈るよりも、彼らとの会話を思い浮かべたほうがずっと心強かった。

深夜の公園、ふれあい牧場の一角、外灯の薄明りの下で、茶色の塊は未名子の家の庭にいたときと同じように、すべての長い部分を折りたたんで、静かにうずくまっていた。たぶんヤギやウサギ、アヒルといった生き物がいる柵の横に、さらに別の柵、鉄のパイプと板で四角く囲われ、コーン型のパイロンが一本立っていた。『迷子のお馬さんです。近づくとあぶないよ』と貼り紙がついている。未名子はあのひと晩のあいだ、一度でもヒコーキが自分に危害を加えるそぶりを見せなかったことを思い返した。心から必要ないと思える貼り紙をはがし、握って丸め、ポケットに突っ込んだ。

未名子は音を立てないよう気をつけながら歩き、ヒコーキに近づいた。アヒルもヤギも寝ていて、未名子には気がついていない。未名子は一度下見に来ていたけれど、それからあとになって生き物の中に鶏が追加されてしまっていないか、想像して、どきどきする。いくら動物に詳しくない未名子でも、雄鶏が夜明け前にけたたましく鳴くということは知っていた。これはたぶん、わりとどの国でも知られている常識だろう。未名子の立てる音やにおいで気づかれ騒がれたら、ほかの動物も動揺しだしてしまうんじゃないだろうか。未名子は注意深く柵の一部を取り外して脇に置いた。暗い場所にうずくまっている茶色の塊が形を変える。首をあげて、未名子のほうを向いた。横にはバケツがふたつあって、ひとつには水、もうひとつには二本のニンジンが入っている。そうか、馬の餌っていうのは一般的に考えればニンジンになるのか、聞いたことはあるような気がするけれど、いざというときには思い出せない情報だなと未名子は思う。馬のマークの入ったプラスチックボトルのふたを開けて、水のバケツに中身を注ぐ。台風の日、初めて会ったときと同じようにしてヒコーキはゆっくり、水に口をつけた。

この、馬用の鎮静剤の存在を未名子に教えてくれたのはギバノだ。

「気が小さい暴れる馬なら麻酔が要る。セリに出す前、レースで長く運ぶときの前に使う。馬は長距離を移動する生き物、場所の感覚がするどい。GPS装置が頭にある。飛行機、船、デンシャ……、自分が動かないでただ立っているのに速いスピードで動いていると、脳のシェイクで、パニックになる」

セロトニンという神経伝達物質は馬の興奮を抑えるらしい。ヒコーキが興奮しているのを未名子は見たことがなかったので、この薬の必要があるのか、とても悩んだ。ヒコーキを信じられなかったのか、それとも、どうしてもやりとげたかったのか。

慣れないジャンルの検索をして、自分が扱えそうな中で一番大きいワイヤーカッターを注文したのに、鎖を切るまでずいぶんかかった。緊張のために手が汗で滑っていたのかもしれない。完璧主義ではない未名子が、これに関しては周到にすぎる準備をしていた。ヒコーキを繋いでいた鎖を切り離しきったころには、ヒコーキはもう水を飲み終えて、また足を折ってうずくまっていた。未名子は近づき、座った状態のままのヒコーキに手綱をかけた。

ロープで編んだ簡単な手綱は、ギバノにきいた作りかたをもとにして未名子が作った。サイズの調整もやりやすくいちばん簡単で使いやすいものだと彼はいっていたけれど、それでも掛けかたがとても複雑だった。ヒコーキの首や顔のどこをどう通したらいいかと未名子は苦心した。ヒコーキのほうは若干きつく締まりすぎた数回だけ首を震わせて嫌がりはしたものの、おおむね静かにつけられるまま紐を通されていたし、ときにはいちばん自分が心地いいように自分の顔を動かしていざなったりもした。

それでも未名子がヒコーキを引っぱって大きな台車の上に乗せ、ブルーシートをかぶせることができたのは、もう夜明けに近いくらいの時間になってしまっていて、世界がうっすらと白紺色に明るくなってきたころだった。ときおり車が通るのに気をつけながら、道路を台車で進む。幸運だった。ヒコーキを乗せた台車は、嘘みたいに楽に動いた。それにしても、この台車はなにに使うために置いてあったものなのか、大きいうえに車輪も太かった。末名子はこんなに大きな生き物を乗せた台車を、動かすことができている。父は、いったいこの台車を使ってなにを運んでいたのだろうか、と考える。どう思い返しても、父がこの台車でなにか巨大なものを運んでいた記憶が、末名子にはなかった。ヒコーキはうずくまり、ブルーシートから鼻先だけ出して、じっと末名子に運ばれるがままにしている。人とすれちがったりはしなかったけれど、ひょっとすると台車に馬が鼻先出して乗っているよりも、自分が馬に乗って移動したほうが目立たないんじゃないかと末名子は思う。ただ、末名子はヒコーキに乗って走ることについては、まだまったく自信がない。

ガマは島の中に自然にできた洞窟で、あちこちに大きく有名なものから名もない小さなものまでたくさんある。末名子は山道の脇でヒコーキを台車からおろして、肩ぐらいまでの草と高い木が茂る斜面をいっしょにおりながら、ひとつのガマの奥まで引いて行った。ここは何度も下調べして、大きすぎないガマ、見つかる危険性の低いところを選んであった。台車とブルーシート、ワイヤーカッターをガマの奥に隠し、念のためもう一度洗面器に鎮静剤を注ごうとして、やめた。繋がれていないヒコーキは、ガマの入り口に近いところまで出て行き、付近の草を食んでいる。広場ではたくさんの餌を与えられていたのか、末名子の家の庭で初めて会ったときよりもつやつやして見えた。背中を撫でると、ぬっと首をあげ、口をもぐもぐと動かしたまま末名子のことを見た。

まったくかわいさを感じなかった。鼻息や咀嚼《そしゃく》の音はうるさく、絶えず嫌な臭いもして、顔のあらゆるところ、とくに瞼や口のまわりといった粘膜のあるあたりに集中して虫が集《たか》っていた。ギバノが必死にその美しさを主張する馬の、その賢さや魅力は、末名子がいくら理解しようとしてもわからなかった。それに小柄な種とはいえ、ヒコーキの顔は大きく、長く、体も末名子よりずっと大きく、強そうだった。

自分より力のある生き物に乗ること、自分の意のままになりそうもなく、また理解しあうのも相当難しそうな強い生き物に自分の体を預けることが、末名子にはなんだか恐ろしいことに思えた。

「乗っていい？」

と末名子が小声でたずねても、とうぜんヒコーキはなにかを答えてくれるようなことはない。末名子はひょっとしたらこのまま、ヒコーキに乗ることができずに一生を終えるんじゃないだろうかと思う。

「ここが気に入らなかったら逃げていいから、また来る」

と未名子はいいながらロープを使ってヒコーキの首にウェブカメラをくくってぶら下げると、どこにも繋ぐことなくガマを離れた。もともと未名子の家の庭に来たときは繋がれていなかった。離れていても問題はなさそうだし、なんなら自分の元いた場所に戻っていってくれるのであれば、そちらのほうがどれだけかマシだと未名子には思えた。ただ、今までのことを考えてもヒコーキはどこにも行かないだろう。

この茶色の大きな生き物は、そのときいる場所がどんなふうでも、一匹だけで受け止めているような、ずうっとそういう態度だった。

家に戻った未名子は洗面台で手を洗い、その手で水をすくい顔を洗おうとして、自分の顔の前に思わぬ障害物があることに気がついた。顔をあげて鏡を見ると、水滴でところどころ阻害された視界に、メガネをかけた未名子自身の姿が映っている。慌ててメガネをはずしタオルで水滴をぬぐった。両手に持って不安げにかざしながらリビングに戻り、ソファに座ってメガネを注意深く観察する。太めの縁やツルにいくつか開いた小さな穴の位置を確認しながら、付属していたケーブルでパソコンに接続する。未名子のメガネには、ツルの横にピンホール式のカメラがついていた。自分の視界がそのまま映像化できるこのメガネは、度が入っていない。

いくつかの同期するための手順を経てパソコンの画面に現れたのは、この部屋の様子だった。窓の外は暗い夜で、玄関を開けて台車を押して歩く。さっきまでの未名子の視界の録画だった。ほとんどずっと暗い、アスファルトの表面が続く。十倍速再生を続け、道の端に台車を隠し柵を越え、ヒコーキの口にロープを掛けるところまでを確認して、未名子は再生を止めた。暗い所でもそこそこちゃんと映るもんだな、と未名子は感心する。赤外線の感知があるためなのか、色の再現はあまりうまくいっていない。でも、モノクローム風であるとはいえ、ヒコーキの表情や、長いまつ毛も良く映っていた。カメラとして最低限、用がたりるもののようだ。

未名子はふだんまったく気にしないテレビのニュースや新聞を、いつになく真剣に確認した。テレビでは一度だけ、ローカルニュースで迷い馬が見つかったことと、それがまた逃げてしまったことを報じていたようだった。あれだけ慎重に慎重を重ねた拉致計画も、貼り紙を引きちぎってはがしたり、切れた鎖をそのままにしてしまったりと失策だらけだったけれど、まったく怪しまれることはなかったようだ。警察官も公園の管理者も、届けは出ていなかったけれども飼い主の元に帰ったんだろう、といってまったく疑うこともないままこのできごとは終わったことになっていた。結局のところ、どういった理由でいなくなったのかにはあまり興味がなく、なんなら面倒ごとが減ってよかったとさえ思っているような口ぶりだった。末名子は、その周囲のありように拍子ぬけすることはあったものの、この件に関してはもう大丈夫だとほっとした。

仕事を辞めてから末名子は資料館にもいかず、昼は家にいて、夕方からの数時間はガマでヒコーキの世話と乗馬の練習をしていた。ギバノの教えてくれたとおり、すこしずつ末名子はヒコーキの背中に乗ることにためらいをなくしていった。しばらく歩いては降り、横を歩いてはよじ登り、といったふうにして、末名子とヒコーキはその境目をあいまいなものにしていった。

数日たつと末名子はヒコーキに乗ってガマの中から出て、周囲の藪を散策して回れるようになった。これが一般的に早いのか、その理由にギバノの指導があったからか、またヒコーキの能力の高さのためか、相性によるものなのか、それは末名子にもわからなかったし、相談してみようにもギバノとはもう通信することができなかった。

末名子はガマに来てヒコーキに会うとき以外は、ヒコーキの首にかかったウェブカメラの画像をスマートフォンで確認していた。見ていると、ほとんどの場合ヒコーキは暗いガマの中にいて、ときどき食事や散歩のつもりで周囲の藪をうろうろしているくらいで、末名子がやって来るであろう道路のあたりへ、ごくたまに出ているくらいだった。

あることが上達するのに段位を設けるのは効率的だと末名子は思う。それは目標が定められることもあるけれど、なによりやり始めたら際限のない学びという行動について、ひとつの区切りを設けて強制的にひと休みをさせる効果がある。あまりに集中してしまう学習者にとっては、目の前でパチン、と手をたたかれる行為が大切になることが多いのだろう。でないと文字通り「寝食も忘れて」しまうからだ。実際、今の未名子には、そのきっかけがなかった。もうすこし、あとちょっと、とヒコーキとの訓練に集中しているうちに、かなり急な崖に上ったり、段差のある場所をゆっくり降りることもできるようになっていった。ヒコーキは荒れた場所でも軽やかに足を運んで、狭い場所は後ろ脚だけでうまく回転することもやってのけた。そういうとき未名子は、自分とヒコーキがひとかたまりの生き物になって、お互いの能力が拡張していくみたいな気持ちになった。

未名子が思っていたよりも、順さんの最期はもうちょっと早くにやってきた。

途さんから電話が来ることなんてまずなかったので、未名子は電話に出る前、かすかにいやな感じがした。これが虫の知らせといったような種類のものでなければいいけど、となかば祈るような気持ちで電話をとると、途さんは、未名子が電話をとるときになんとなく心の端に生じていた不穏な内容とほぼ同じことを言葉にして、未名子に話した。途さんは、とりわけ悲しんだり、動揺している様子でもなさそうだった。途さんの声からはこの間の軽い憔悴も消えていて、平板できちんとして、事務的で、そのうえ穏やかにも聞こえた。

　未名子が覚えている限り、順さんは生前、葬式やお別れの会、ましてやお墓のことを望んでいる様子はいっさいなかった。しかもそのことを言葉にすることさえ考えも及んでいなかったように感じられた。ただ、あんなふうになる前に途さんとは話し合っていたのかもしれない。

「直葬にしようと思っていて」

　と、途さんはいう。未名子は聞き返した。

「すみません、もの知らずで。直葬って」

「私も、ここ数年で知ったことだけどね。直葬ってのは、告別式とかお通夜とかそういうのなしに、すぐに火葬にするから、そこで簡単にお祈りだけをしましょうっていうやつ」

　火葬、という正式な言葉は、未名子の心をほんのわずかこわばらせた。

「他の人たちに連絡しないわけにはいかないけど、話が大きくならないうちにすぐに済ませちゃおうと思ってて」

　そのあとすぐに、

「手伝ってくれるとすごく嬉しいんだ。もちろん、無理はいいません」

　と、ひと息に未名子に伝えてきた。

未名子は途さんの話の間じゅう、順さんのお別れの儀式の手伝いをしようかと申し出かけては、やめるというのを繰りかえしていた。未名子は途さん以外の、そのまわりの順さんの孫や、昔からの順さんを知る友人親族とは面識がない。そのうえ未名子は、自分がこの数週間で仕事を失い、資料館の作業からも遠ざかって、完璧なひとりぼっちになっていた。

「いいんですか、私、手伝って」

未名子は慌てて、途さんのいう時間と場所のメモを取る。今日の夕方、ここからも順さんの家からもけっこう離れた場所だった。途さんが車で未名子を拾っていってくれるという。

「手ぶらでいいよ、それにふだんと同じかっこうで平気だから。ほんとう、助かる」

といって、途さんは電話を切った。未名子は部屋の収納を探って、あまり持っていない自分の洋服の中から、フォーマル過ぎない襟付きのブラウスと、テレフォンオペレーターの仕事をしていたときのひざ下のスカートをはいて準備をしたけれど、途さんはTシャツに半袖のパーカーとコットンのパンツ姿で車を運転してきた。

「あれ、近眼？　してたっけ、メガネ」

と途さんが未名子に声をかけたので、

「はい、近ごろ見づらくて、たまにですけど」

と嘘をついた。いつも順さんが乗せられていて、未名子が初めて乗る途さんの車は、薄くたばこのにおいが染みついていた。

途さんはおそらく一番簡素な形でと頼んだんだろう、病院から直接移動させてきて、読経もなく、ほんとうに最低限の火葬だった。こういうことにも慣れているらしい職員の人は、普段着のふたりにもていねいに、淡々と手続きをしてくれた。

骨を容器の中に納め終えて手を合わせていると、途さんが末名子の脇を小突いてくる。末名子が途さんのほうをちらっと見ると、まるで授業中に友人とキャラメルをやりとりするみたいにこっそりと、末名子の手になにかを握らせてきた。見ると、これはおそらく順さんのひとつの骨の欠片だった。末名子はあわてて、スカートのポケットに隠した。途さんが書類のいくつかにサインをして、順さんとのお別れとされる一連の儀式は終わった。

末名子は自分が骨壺を抱えて助手席に乗ることを提案したが、そんなの、気疲れするからいいよ、と途さんがいい、結局後部座席に骨壺を置き、いちおう気持ちだけでもね、とシートベルトで固定して、末名子を助手席に乗せた。

車を運転しながら、途さんと末名子は、今までで一番長いこと会話をした。

「あんな年寄りが死んでも、手続きはいろいろあって面倒なものなんだよね、なにせ、ヒトだからさ」

と途さんはいって、そのあとまた続ける。

「母はあれでけっこう、顔が広かった時期があって。だから、ばれる前に早く済ませてしまいたいってのがあって」

ばれる、なんてひとぎきが悪いか、と笑う途さんを見ながら、未名子は秘密裏になにかを行うときには、自分のような人間がやっぱり一番都合がいいんだろうなと考える。

「あの建物には行ってる？」

途さんが未名子にたずねた。未名子はこたえる。

「さいきんは、あまり」

「私は母も、あの場所も守れなかった。あなたがいなかったら、もっとずっと前にあそこはなくなっていたと思うよ。母も、あなたがいたからあそこに行き続けてた」

途さんはもう何度目かのありがとうをいった。車の中から風景を見ていると、ガラスにパラパラと水滴がぶつかりはじめる。途さんは、

「べつに感傷的ななにかがあるわけじゃないけど、ちょっとだけ海を見に行ってもいい？」

といいわけを混ぜながらきいてくる。未名子は、前を向いたままの途さんに、はい、と言葉にして返した。

海は荒れ始めの予感を含んだ泡立ちをそこかしこに見せている。台風のときには人をも襲

わんとするこのあたりの海面は、そのとき以外にはなんの問題もないようにしてすっかりと澄ましていた。今はそのふたつの姿の中間であると、未名子の目には映る。未名子はヒコーキと過ごすようになってからニュースもほとんど見なくなっていたけれど、台風が近づいているんだろうか。車を停めたところは高台だったので、見下ろす範囲に危険はなさそうだった。でも、荒れ始めの海面を見ていると未名子はふいに、ヒコーキのことが心配になった。いくら繋いでいないといっても、また、戦火でさえ崩れることのなかった頑丈なガマの中にいるといっても、あの嵐の中でまったく動けないでいた馬のことだ、心細くして、あるいは逃げてまた迷ってしまっているかもしれない。

強い風を受けて、かすかに楽しそうな表情をしながら途さんはいった。

「子どものころから台風のときに海を見に行くのが好きだったんだけど、むかし、母に怒られたことがあるんだ。母はとても台風をおそれていた」

順さんは、台風のときは資料館を閉じることにしていた。順さんは台風が怖いということをいろんな老人たちからきいて知っていたのではなく、沖縄に来るより昔から台風に慎重だったのだろう。

「それからは、台風が来る直前の、予感のする海を見ることで心を無理やりざわつかせて、嵐の間じゅう、荒れてる海の想像をしていたりしてた」

途さんが話すのに、末名子はこたえた。

「人は、自分に害をなす可能性のある危険なものの正体を確認することで、安心したいという欲求があるって聞いたことがあります。事故現場に野次馬が来ることとか」

「そういうのって、人間が長生きしたり、科学が進化するための本能なのかなあ」

途さんが医療に携わっている人間だったことを、末名子は唐突に思い出した。

「なんだか、専門の人にえらそうにいってしまったかもしれないです」

「そんなことないんじゃない。みんながそうやって知ろうとすることに、たまたま分野のちがいがあるっていうだけで、特別に探究心の強い弱いがあるわけじゃないよ」

途さんは、小さな粒の雨と、それを吹きつけている強い風にあらがうようにして立ち、楽しそうに海面を見下ろしている。

「この間の双子台風のとき、母、ひとりで歩いて資料館に行こうとして、いなくなっちゃったんだ」

「順さんがですか」

末名子はおどろいて、たずね返す。

「私もね、びっくりしちゃって。台風の中出ていくなんて、母の若かったころから人生で一度だってなかったから。元気で晴れているんなら歩いて行かれない距離じゃあないけど、あの天気だし、母も最近はずっと車だったでしょう。案の定、途中で歩道の端に座りこんじゃってて。乗せてすぐ家に戻ったけど、もうぐったりして。夜中病院つれてったら、そのまま入院」

いったい何がそんなに気になったんだろうねえといってから、途さんはしばらくそうやって海面を眺めていて、それからゆっくり、とぎれとぎれに、でもはっきりとした言いかたで、未名子に話しはじめた。

私は小さいころからずっと、母のことがあんまり好きじゃなかった。母は学者なのにやたらと声が大きくて、ずうっとあちこちをうろうろしていて、いつもなにかに腹を立てていて、世の中のいろんな細かいことに悲しんだり、絶えず文句をいっている。小さいころの私にはそんなふうに見えた。最近の母しか知らないと、考えられないでしょう。

日本はそのとき、ちょっとおかしいくらい騒がしかったの。でもその中で、あれは、なんだろう、そういう中にほんのすこし混ざっていた弱い人の、かすかな不安について怒ったりする人があまりにもいなかったんじゃないかな。だからかえって、母の怒りに寄り添う人がだんだんと増えていったんだと思う。母は研究をしながら、最初はあちこち、ほとんどは東京とか大阪みたいな大きい街で勉強会みたいなことを繰りかえしていた。

当時は母はまだ研究も続けていて、ひとところに暮らしてはいなかった。ただ、そのころの沖縄や東京、日本のあちこち、基地のあった場所の近くなんかには、平和運動家の、いろんな国の人たち、外国人が何人かいて、彼らはそういうコミュニティを作っていたみたい。ベトナム戦争のために、日本や韓国の基地から米国人がたくさん出兵していたからね。彼らに影響を受けながらも、母はある程度は独自の方法でなにか人々の生きる在りかたみたいなものを模索していたんだと思う。

例えばいくつかの団体のように音楽や瞑想といったものには依存しない、マフィアの資金源や、途上国の搾取構造にどうしてもからめとられがちな薬物の類は、たとえ自然由来のものであっても手を出さない。

なにより、なにかを学び続けること、知識を蓄えることをこそ信じる。社会にいるあらゆる人を、自分の思う理想によって傷つけてはならないこと。母はこの集団を作ってからはずうっと声を潜めて、基本的には興味をもってやって来た人としかやりとりをしなかった。

それから同じように考える人たちと本州のかなり田舎のほうに母たちだけの集落を作って住み始めた。そのころは日本で、カルトとかセクトなんていう言葉がそこまで一般的じゃあなくて、っていうか、そういう言葉が本来の意味で使われていない時期。まあ、今の使いかただってほんとうはおかしいんだけど……。母のやっていたことはどちらかというと、思想的なコミューンを作る、とかいうもので、ある程度の自給自足と、宗教とは距離を置いた思想の場、みたいなものだった。

いっぽうで父と暮らしていた私は、日本の大騒ぎの中で若い時代を過ごして、学んで、それから結婚をして……、いろいろな問題もあったけれど、平均してみたらまずまずうまくいっていたと思う。

だから若いころの私には、母が戦後のある一時期の、なんだかとても物悲しいすみっこに取り残された、あるいは日本の表舞台の後ろっかわに回ってしまった、呪いのかかった戦後の亡霊みたいに見えていたのかもしれない。亡霊みたいな母のまわりには、いつも亡霊みたいな人が集まっていて、互いに支えて、守りあっていたんだ。だから、私がなにか母を守る必要はないんじゃないかって思っていた。

そのころ、日本が獲得と喪失のお祭り騒ぎをしている裏で、母とは別の、でも外側から見たら同じにしか見えないやり方で声をあげた人とか、山の奥で暮らしている人たちのうちの数人が、日本の大きな都市の真ん中で、ひどいテロリズムに走ってしまった。たぶん生まれる前だろうけど、有名だから知ってるよね。その人たちの中にいた多くの人は、賢くて素直だった。だからこそこんな悲劇が起こったんだという人もたくさんいた。当時の大騒ぎを、たぶんあなたは詳しく知らないと思うけれど、その時には日本各地にいくつかあった、ちょっとしたコミュニティはとても苦しい目にあったらしいよ。どんなに近所の人とうまくやっていても、自分たちの中に特別な暴力性がないと主張しても、人は、知らないことで人が集まって、なにか隠れるような生活をしている人のことを、あのとき以来とても怖がるようになってしまった。みんなが知らないところで、みんなの知らない組織を作っていること、それ自体が政治的な意図の大小にかかわらず罪と認定されるようになってしまった。

私は働きながら子どもを育てて、子どもも家族を持って、そうして気がついたら、母はいつのまにかこの南の島でひとりぼっちになってた。母は、私に対してはなんの申し開きもしなかったけど、私が日本の表側で必死に、でも楽しく生きている間に、たぶん母にはとても理不尽ないくつかのことが起こったんだと思う。それは私が後になって勝手に調べたことでわかったんだけど、正直な話、今、こんなふうに母を失ってもまだ母のことが憎いのか、それとも、もう許せたのか、ならこの理不尽は彼女が背負うべきものだったのか、といわれると自信がない。でも……自分たちがコミュニティなるものに参加を考える、ということと、自発的に参加している人の思想や心情の自由を縛ることとの境目、怖がられて生きることと自分の思うことを貫く意味、とか、ずいぶん考えることが増えたんだ。

いよいよ雨がひどくなって、ふたりは車に戻る。車を進めると間もなく、ワイパーが必死にそれを避けても前方の視界がおぼつかないほどの雨脚になった。

「こりゃひどいなあ」

と、途さんが言葉にしたすぐ後に、雨粒でにじんでいてもわかる見慣れた灯りが窓の視界に入った。幹線道路沿い、ファミレスとダイナーの中間みたいな、外国のフランチャイズに由来する背の高い看板が、雨で霞む中で、踏ん張るみたいにしてそびえ立っている。平べったくてガラス張りの店が、二階建てというよりは一階の駐車場にそのままぺったりと乗っかっているみたいにして光で雨粒を照らしていた。途さんが未名子に、

「どうせさ、もうスーパーも店じまいだろうし、ここ入ろうか。今日のお礼でご飯くらい御馳走するから」

といって車を駐車場に入れた。ほかの車が全然停まっていなかったので未名子が想像していたとおり、店内はこうこうと灯りがついているのに人が誰もいなくて、ゆったりしたソファのボックス席がだだっぴろいフロアの周囲に設置されていて、壁部分はほとんどが窓ガラス張りになっている。ガラス窓には強く雨が打ち付けているために外が見えない。ひとりだけ働いているウェイターが若干おどろいたふうにふたりのことを認めて、どこでもどうぞ、という。

「せっかくだから、窓ぎわにします？」

と未名子がいうと、途さんは、そう、せっかくだからね、と窓ぎわのボックスソファに腰かけて、雨のたたきつける窓のほうににじり寄った。未名子はアボカドとスパムの挟まったサンドイッチとアイスティーを、途さんはサーモンのクリームパスタとオレンジジュースを注文して、人手がすくないのでちょっと時間がかかります、と申し訳なさそうにいうウェイターに、途さんは、ゆっくりでいいですよ、材料がないとか無理なことあったら作れるものに注文変更してもいいし、と伝えた。

「あれ、きっとあのお兄さんが裏で作るんだね」

と、途さんは小声で未名子にささやくと、ちょっと笑って水のグラスに口をつける。

「クイズって好きですか」

未名子の問いに、途さんはコップの縁に口をつけたまま、怪訝そうに聞き返す。

「クイズって、あの、頭にハテナの帽子かぶるやつ？」

以前、未名子がカンベ主任に返したのと同じくらい不用意な途さんの答えに、未名子はすこし笑って、

「それはわからないけど、たぶんそうです」

「時代がちがうのかな、私が若いころ、すごく有名なテレビ番組があったんだよ。ええと」

途さんはコップをテーブルに置くと、右の手のひらを下にして水平に顔の前を横切らせて

ゆっくり動かしながら、

「ニューヨークの、パンナムビルの屋上にね、こう、ヘリコプター二台に乗ってスーッと来るんだよ、そこがクイズの会場」

「答える人が乗っているんですか」

「うん、地元のなんか、しょっぼいハイスクールのブラスバンド部が演奏してるところに、ヘリから、人、ただの素人の、予選からクイズに勝ってきた人ね、が、降りてきて、屋上で対決するの」

「両方とも答える側なんですか」

「うん、問題出すほうは――、その人はプロのタレントっていうかアナウンサーなんだけど、屋上で待ってるの。あの、ヘリコプターのHみたいなマークがついてる、ヘリポート？　のところで」

未名子は、問題を読むために高層ビルの屋上に立ち、答えてくれる人を待っているヘリポートの自分を想像した。強い風に吹かれながら空を見上げて、ヘリコプターを待っている。たいして巧くないブラスバンドの音楽が鳴っている。

「あの番組、思えば変だったなあ。芸能人でもないのにみんな仕事休んでずっとクイズして、最後のひとりになるまで戦うんだけど、時代だからかなあ、芸人さんでもないのに、中年の女性参加者のことを肝っ玉おかあちゃんて呼んだり、太った人はブッチャーとか、二十代後半のＯＬさんは行き遅れ、とかあだ名つけたりして。クイズなんだけど、リアリティ・ショーみたいな感じだったのかも。ちょうどあの日本の、おかしいくらい大騒ぎしてたころの、たくさんの人が熱心に見てたもの。その裏っかわに私の母がいたんだとしたら、あの番組はいちばん表側にあったんだと思うなあ。母も、クイズの参加者も、知識を力に変えようとしていたのは同じだったのにね」

「解答者は勉強していた人とか学者じゃなくて、ふつうに働いている人だったんですか」

「そう、頭が良いことにはまちがいないんだろうけど、歌謡曲や野菜の切り方の呼び名なんていうのは学者だから知っているってわけじゃないだろうし、本や新聞を読んで毎日過ごしている働く人、っていうのが出てたんだと思う。今思い出せとかいわれたら無理だけど……、主婦とかサラリーマンとか教師、そういう、ふつうに生きている日本の人たち」

途さんは窓のほうを見ながら、

「あのときね」

といって、数秒黙ったあとまた話し始める。

「えーと、私が母のところに来てしばらく経って、あなたが最初にあの資料館に来たとき、思い出したの。母といっしょに、穏やかに暮らしていて忘れてたこと、若いころに母やその周りの人たちに感じていた、あの、ちょっと怖いなっていう感じ」

ほおづえをついた途さんは、末名子のほうには向こうとしない。ずっと窓を見たままだった。

「母のそばにやってきた、なにも知らなそうな十代のあなたを見たときに、私の心の中にあった怖さみたいなものがまた噴き出してしまったんだと思う。正直にいうとね、あなたが学校に行かないであの建物に、ずっといることについては、私は当時の母ともかなりいい合いになったんだよね。今でもそのことについては、まだ正解が出ていないし、母に感情をぶつけたことを申し訳ないとか、反省しているなんて考えたことはない」

「知らなかったです。そんな」

びっくりして末名子がそういうのに、途さんは答える。

「いや、でも、あなたを責めるような気持ちは全然なかったよ。今もない。でも、あのときあなたのお父さんも手いっぱいで、あなたは自分の意志で資料館にいたっていうけど、やっぱり子どもだったでしょう。いろんなことが、私の若いころ、母のまわりにいた、不完全で不安定な若い人たちととても重なってしまって。私も当時不安定で、だから今まで知らんふりしてフタをしていた問題が、あなたのことで一気に出てきてしまったんだと思う」

外は相変わらず数十センチ先も見えないくらい水滴があばれていた。ガラス一枚隔てたところのふたりがまったく水に濡れることなく、運ばれてきた温かい食事を口にできることが、なんだかうまくできた作り話みたいだ、と未名子は思う。そうして分厚くて食べにくいサンドイッチを黙って食べながら、テーブルの下でスマートフォンのアプリを立ち上げると、ウェブカメラのビュー画面が表示された。周囲は暗くて、遠くにガマの出口が見える。大雨だけれど、カメラは濡れている気配がない。きっとヒコーキはガマの中でいつものように寝ているんだろう。

「私は順さんがすごく好きでした。今も好きです」

アイスティーにミルクを入れてストローで混ぜながら、未名子は続けた。

「おふたりの問題は、たぶんとても難しいことなんだと思います」

「まあ、娘だしね。親子だとどうしても」

「けど、ほかの、たとえばこの町に住むたくさんの人にとっての倫理ってなんなんだろうって考えてしまうと……。順さんがああいう生きかたをしているだけで、生きづらくなってしまうなら、それは世の中のほうがちょっとおかしいんじゃないかって思ってしまいます」

「わからないことは怖いんだよ、たぶん、みんな。台風といっしょで」

「それに、なんていうか……、人に迷惑をかけないっていう言葉はあまりぴんとこないけど、でも、あの建物が、順さんの存在が、世の中に具体的にどんな迷惑をかけたんだろうとも」

未名子は話すのを止めることができなかった。こういう経験はあまりなく、とても不安になり、声を上ずらせながら、それでも話を続けた。

「役に立たないことを趣味でやっているっていうんであれば、だいたいの人がそれぞれ、だれでもある程度はそういうふうに生きているだろうし、それによって人に害を与えるかどうかなんて、だれもわからないから、怖がらせないようにすべてを説明し続けるって、きっととても難しいと思うんです。資料館にはあんなに資料があって、それらは別にまったく秘密なんかじゃなくて、調べればどれだけだって開かれているのに。私は、できる限り自分で働いて、ほとんどひとりだけで勉強しているつもりだけど、人ってもともと、手分けして働いたり、勉強したりしていて、誰にも頼らず、ひとりずつで生きて、成長とか、学習なんかをしている訳じゃない、っていうか」

未名子がこんなに、他人に対して自分の考えていることを一気にまくし立てたのははじめてのことだった。いつ遮られるのか、また、拒絶されて無視されるか、怖かった。涙が出てきたのを、未名子は手のひらの、親指の付け根で拭おうとして、メガネがあることに気づいた。こんなもの、ふだんつけていないから気が回らなかった。未名子はうろたえ、外してテーブルに置く。途さんのほうはその一連の未名子の様子をおかしいと思うふうでもなく、食事をやめフォークを置いて、未名子が話をするのを聞いていた。

風の音と、雨粒の打ち付ける音がずっと響き続けていて、平べったくて明るい店内にかかるオルゴール調のＢＧＭが、ひどく不安定なものにきこえた。

資料館が重機によってがりがりと崩されている。シャベルの爪が軽く撫でるだけで柔らかくてもろい粉菓子みたいに形を失っていくコンクリートの建物を、ヒコーキの背に乗って眺めながら、よくもまああんな場所が毎年やって来る風雨に耐えていたものだ、と未名子は思う。

町の中は昼間で人が多かったけれど、そのせいでかえって、未名子が馬に乗っているのをおかしいことだと思われずに済んでいるみたいだった。堂々と乗りこなしていると、観光か広告かの仕事をしているように見えるのかもしれない。練習の成果だ、と未名子は思う。ギバノから教わった手順通りにヒコーキを操っていれば、小柄なヒコーキの背はほとんど揺れることなく安定していた。短い練習期間で、未名子はすっかりヒコーキの背に乗ることに慣れていた。練習の順番さえ守れば上達は早かったので、ギバノの指導は、未名子のような初心者にとってたしかに適切だった。ヒコーキがときどき重機の音におびえ軽く身じろぎをするたびに、未名子のリュックサックは、背中にざらざらとした振動を伝えた。

資料館の取り壊しに間にあった。そのことが未名子を安心させ、自信に満ち溢れさせた。

あの建物に詰まっていた資料が正確なのかどうかなんて、未名子だけでなく世の中にいるだれにもわからない。ただ、あの建物にいた未名子は、それぞれ瞬間の事実に誠実だった。真実はその瞬間から過去のものになる。ただそれであっても、ある時点でだけ真実だとされている事柄が、情報として必要になる日が来ないとだれがいい切れるんだろう。そんなものが詰まった資料館だった。現在正確かどうか、将来ずっと真実であり得るのか、そんなことが資料館の中にあるすべてを守るべきか、それともきっぱり処分をしていいものかの理由になどなりうるはずはなかった。

未名子が貯めて保存したデータはすべて、宇宙空間と南極の深海、戦争のど真ん中にある危険地帯のシェルター、そうして自分のリュックに入ったぎっしりのマイクロSDカードに入っていて、そのカーボンコピーはいつだれが読んでもいい、鍵のないオープンなものにしてある。ただ、その場所はすべて、地球のとても深いレイヤーに混ぜ込まれていた。誰もが希望すれば容易にアクセスは可能な、でも、まちがえてやって来るような人はまず訪れない場所。

この島の、できる限りの全部の情報が、いつか全世界の真実と接続するように。自分の手元にあるものは全世界の知のほんの一部かもしれないけれど、消すことなく残すというのが自分の使命だと、未名子はたぶん、信念のように考えている。これが悪事だというなら、いくら非難を受けても、なんなら捕まってても全然かまわないという、確かな覚悟もあった。そもそも未名子には今、あまり失って困るものがない。

リュックサックに収められた缶の中には、マイクロSDカードのほかにもいくつかの欠片が収められていた。たとえば資料館から未名子が持ち出した、港川に住んでいたかつての人類の骨。順さんが初めて会ったとき、未名子に見せてくれたもの。そうしてもうひとつ、順さん自身の骨。途さんが火葬場でひっそりと、秘密ごとのようにして未名子に手渡してきた真っ白な欠片。色も質感もまったくちがう、見たり触ったりしたくらいではとても同じ組成の、同じ物質だとは思えないもの。未名子はふたつの骨片をいっしょに、紙にくるんで缶の中にしまってあった。ほんの小さな、だけど気の遠くなるほどの情報が詰まった小さな骨は、記録媒体としてのマイクロSDカードに似ている、と未名子は思う。

琉球王朝時代の人間は、現在の『日本人』とほとんど同じ見た目を持っていたらしい。王朝時代の沖縄に暮らしていた人間は、現在の本州に住む多くの人たちと種別的には同じものだった。縄文系とよく語られているアイヌの人々と、琉球民族といわれている人たちが近似しているかどうかについては、さまざまな研究のなかで、否定と肯定が重ね合わされた状態が続いている。

いっぽう港川という場所は、おそらく王朝のときには滅んでいたずっと古代の人間の遺跡がある場所でもあった。人骨から復元された港川人は、前は縄文人の典型的な特徴を持っているとされていたけれど、今はオーストラリアのアボリジニに似た姿をしていたと考えられている。港川人は王朝の人たちとは時代も文化も長く隔たっているので、だから今、この地域に生きている人たちは、未名子が今持っている欠片、はるか昔の骨の人物の、直接的な子孫ではないとされている。

この島には途切れた物語が多すぎた。間を埋める研究はこれからの社会学者や、歴史家によって行われるのかもしれないし、あるいはいつか、機械による自動学習で予測が立つようになるのかもしれない。ただ、未名子は自分にその役目が与えられているわけではないと思っていた。自分には島の歴史で起こった事象が悪いことかどうかもわからない。そもそも倫理だって、歴史上の流れでどうにでも変わるものだ。自分ができるのは、事実を記録したものをアーカイブし、保存することだけだった。

未名子は、この世界の、あるひとつの場所をみっつの単語で紐づけて示すやり方があることを、しばらく前に知った。地球上の場所を数平米ずつに区切って、文字で構成された意味のある単語を、一見意味のない羅列として割り当てるやり方は暗号にも使うことが可能だった。割り振りをこちらで指定さえすれば無限に複雑化することができる。それを知る数人だけで共有した地図を作ることもできる。他の人から見ればただの文字や言葉だから、どういうふうにも隠すことができる。物語に混ぜることでも、あるいはなにかの問題に姿を変えることによってでも。未名子はクイズの問題と称して、世界のあらゆる場所の情報を指し示すことができる。

うまく乗りこなせるようになってから、未名子は明け方だとか夜、ヒコーキに乗り、あらゆる場所に行った。ここは島で海に囲まれていて、走るのは舗装された道路だったけれど、どこにだって行けそうなほど、この茶色の宮古馬は頼もしかった。

ヒコーキの首にはウェブカメラがさがっていて、未名子のほうはメガネの形をしたカメラをかけている。ヒコーキに乗って道を進みながらカメラで通りの様子を撮影していると、歩道を進む人はまるでヒコーキがいないもののようにふるまっていて、ほんとうにまれにではあるけれど、物珍しそうに未名子やヒコーキに笑顔を向けてきた。人や家や道は、ヒコーキの動く速さで自分の両脇を流れていく。ストリートビューのちょっと変わった乗り物、撮影用の自動運転のロボットなんかもこんな感じで、まるでいないものみたいに扱われたり、ときに笑顔を向けられたりするものなんだろうか。

資料館がなくなる、とわかったときから未名子はずっと、自分の視界に入るこの島のすべてを記録していきたい、と強く考えていた。これはたぶん、使命じゃなくて、ただの欲求だった。

　末名子はほんのしばらく前まで、自分が本質的には仕事でクイズを出していた相手の解答者たちと同じ種類の孤独と閉塞感を抱えているんだと考えていた。

　昔のテレビで放映していたクイズ番組の出演者はどうだったのだろう、と末名子は思う。聞かれたことに答え続け、正解し続ければ称賛を浴びる。世界のある限られたかたすみで、毎日続く仕事や子育てに苦痛はないけれど、そうして生活に困ることもないけれど、そもそもクイズに答えて億万長者になれるのか、生涯続く名誉が手に入るのかもわからない。それでも彼らは人生で得た、様々な知識を武器にして、自分の何かを変えるために、その番組に参加を希望した。

　末名子自身にしても、家と仕事と、資料館との往復でずっと毎日を過ごしていた。仕事を辞めても、資料館がなくなってもその閉塞感に終わりが訪れることはなさそうだった。でも、実際は末名子が望めばこうやって馬に乗って走ることも選べる。だからギバノが懐かしがって焦がれる動物の背に乗って、子どものころのポーラと同じく川沿いを進むこともできた。

　世界全部、宇宙のすべてを基準にしたら、この島全体も塵の一粒より小さい。それよりもさらにずっと小さい末名子とヒコーキ、そのリュックの中の、末名子の指先ほどのマイクロ

SDカード、その中に詰まった、この世界の情報たち。画像や音声。古い骨、新しい骨。

歩道を、美しいかっこうをした、人種もまちまちな男女の集団が通っていくのが見えた。十人ちょっとくらいの集団は、お互いがちょっかいをかけあったりしてはしゃぎながら歩いている。長い髪をなびかせて、草を編んだ髪飾りと淡い花柄のワンピースを身に着けている。未名子は彼らが、ヒッピーであろうが、なにかの思想、宗教団体であろうが、サンライズ・ヘルス・サイエンスシステムの宣伝であろうが、そんなことはどうでもよくて、とにかく彼らの姿は美しいな、と思う。彼らだけではなくてきっと米国や日本、あらゆるところにいる誰もが――もちろん自分も――なにかの知識によって呪いにかかった亡霊だとも考えた。

集団は文字が書かれた旗を掲げている。みんなで端っこをちょっとずつつまんで持って、頭の上に掲げていた。ただ、ひとりひとりがはしゃいでいるせいなのか、また風が強いせいなのか、旗の文字はくちゃくちゃと動く布の表面で暴れて、うまいこと読めない。これがたくさんの人に文字を読んでもらうための行為なのか、道行く人になにかを主張することができているのだろうか、と未名子は疑わしく思う。

終戦間際の首里周辺、沖縄で展開された最大の爆撃戦はベローテ兄弟の本のタイトルにも冠されていた『タイフーン・オブ・スチール』という言葉、つまり鉄の暴風という表現によって人々に深い印象を与えた。首里はレイテ、硫黄島に並ぶ太平洋戦争中で最も激戦が繰り広げられたとされる地だった。短期間に落とされたおびただしい数の砲弾、手榴弾などによって、周囲の風景は一瞬で変わった。建物や植物どころか、地形さえ変わってしまった。

当時戦死した人間のうち、自決によって命を絶った少なくない人たちのことを未名子は思う。暮らしていた場所がとてつもないエネルギーによって、一瞬で、まったく別のものに変わってしまったとしたら、自分ならどんなふうに絶望するんだろう。最後の自分がいる場所への絶望なのかもしれない。

かつて島に暮らす人たちが絶望していたとき、その周りに広がっている景色は、地獄だった。彼らが暮らしていた直前までの場所とは地形からまったくちがってしまっていた。財産も家も森も、塀も坂道も、あらゆる生き物もすべて吹き飛んでしまった場所で、おおよそ人がこのあと生きていくようなことがまったくできなそうな風景の中で、生きていくことができないという絶望さえ吹き飛んで、唯一の自分を守るためとして持たされていた武器を自らに向けないほど強いものばかりじゃないのは当然だ。

沖縄への侵攻、アイスバーグ作戦は、アメリカ側の兵士にも多くの被害者を生んだ。死傷者は当然のこと、精神的なダメージが残り、老いて死ぬまでずっと続いた人も多かった。

ヒコーキは、台風に関してはあまり怯えた様子を見せていなかったのに、いっぽうで資料館を崩す重機や、大きなトラックを怖がった。未名子はギバノがいっていたことを思い出す。馬という生き物は移動するために進化したものだから、自分が今いる場所になんらかの力が加わって変化が起きることを、非常に恐れるのだということ。

このあたりの幹線道路は石礫《せきれき》を積んだ大型のトラックが何台も、何十台もとおる。海を埋め立てて、島を広くするための工事をしている。そうやって土地の形が変わると、景色が変わり、また資料に変化が必要になるな、と考えてから未名子は、もう資料館はなくなっているのでインデックスの書き換えも資料の整理のし直しもできないのだと気づいた。

これから毎日すべてのものは変わる。でもある一点までの、この周囲のすくなからぬ情報を未名子は持っている。どんなにか世界が変わったあとでも、この場所の、現時点での情報を、自分であれば差し出すことができるという自信があった。このことを、未名子は誇らしく思う。未名子のリュックに詰まっているのは、数日前まで資料館の中に在ったすべての情報だった。役に立つかどうかなんて今はわからない。でも、なにか突発的な、爆弾や大嵐、大きくて悲しいできごとによって、この景色がまったく変わってしまって、みんなが元どおりにしたくても元の状態がまったくわからなくなったときに、この情報がみんなの指針になるかもしれない。まったくすべてがなくなってしまったとき、この資料がだれかの困難を救うかもしれないんだと、未名子は思った。

ただ未名子は、そんなことはないほうがいい、今まで自分の人生のうち結構な時間をかけて記録した情報、つまり自分の宝物が、ずっと役に立つことなく、世界の果てのいくつかの場所でじっとしたまま、古びて劣化し、穴だらけに消え去ってしまうことのほうが、きっとずっとすばらしいことに決まっている、とあたたかいヒコーキの上で揺られながらかすかに笑った。

初出　「新潮」二〇二〇年三月号

首里《しゅり》の馬《うま》

二〇二〇年 七 月二十五日 発行

著 者 高《たか》山《やま》羽《は》根《ね》子《こ》

発行者 佐藤隆信

発行所 株式会社新潮社

〒一六二-八七一一 東京都新宿区矢来町七一

電話 編集部 〇三-三二六六-五四一一

読者係 〇三-三二六六-五一一一

https://www.shinchosha.co.jp

印刷所 大日本印刷株式会社

製本所 加藤製本株式会社

乱丁・落丁本は、ご面倒ですが小社読者係宛お送り下さい。
送料小社負担にてお取替えいたします。
価格はカバーに表示してあります。

ISBN978-4-10-353381-8 C0093